U0668253

山风吹过

王相华 著

四川民族出版社

图书在版编目（CIP）数据

山风吹过 / 王相华著 . -- 成都 : 四川民族出版社，
2022.6

ISBN 978-7-5733-0643-2

Ⅰ . ①山… Ⅱ . ①王… Ⅲ . ①诗集－中国－当代
Ⅳ . ① I227

中国版本图书馆 CIP 数据核字 (2022) 第 108753 号

山风吹过

王相华　著

出 版 人	泽仁扎西
责任编辑	王婕
责任印制	勾云溪
出版发行	四川民族出版社
地　　址	四川省成都市青羊区敬业路 108 号
邮政编码	610091
成品尺寸	145mm×210mm
印　　张	8
字　　数	160 千字
制　　作	成都书点文化
印　　刷	成都蓉军广告印务有限责任公司
版　　次	2022 年 7 月第一版
印　　次	2022 年 7 月第一次印刷
书　　号	ISBN 978-7-5733-0643-2
定　　价	68.00 元

ⓒ 版权所有 · 翻印必究

从禅性渐悟境界到诗性的精神乐园

杨伯良

夏夜，闷热。我正专心阅读王相华先生诗歌集《山风吹过》，一位画家朋友发来一幅兰草图让我欣赏，这幅兰草图构思别致，富有韵味，画面上雾气弥漫，一丛兰花被画家安排在宣纸的边缘生长，犹如长在危崖，画面上虽没有悬崖，却让人感觉如悬崖的存在，兰花向下轻垂，但叶片从容，花色淡然，优雅不俗。再沉思，顿然感悟到此画中的深意，心境竟然清爽了许多，仿佛欣赏了兰草图就摒弃了些许尘世的喧闹，心也静了许多，屋子里也弥漫起兰草淡淡的清香。我想如果王相华先生见了兰草图，肯定会写一首禅味十足的诗。

近年来我几乎不看诗，不是有硬任务，我也不写诗，写出来也是所谓的诗，有时候甚至对诗有逆反心理。可是读王相华先生的诗却有另外的感觉，就是能让浮躁的心沉静下来，竟然一口气看了二十多首，一边看一边咂摸味道，越咂摸越感觉他的诗是我近年来看到为数不多的好诗，真的很难得。因为我不是诗人，也不是诗评家，所以从来不给任何人任何诗歌作品下定语。之所以这样说王相华先生的诗,是因为这些诗作有味道,耐看,对我产生了相当的吸引力。

说实话,我对王相华先生了解不多,只知道他是山东省一位很有成绩很有潜力的诗人。几次交往,感觉他生活简单,穿着朴素,坚持素食二十年。而他给自己的评价是有个性、粗犷不羁,崇尚自由,无拘无束,喜欢甚至沉醉于儒释道经典,心心念念要与古人为友。的确,通过读诗,就看出他做人与作诗的内外统一。

《山风吹过》分春夏秋冬四个部分。我国唐宋时期,孟浩然、王维、李白、杜甫、白居易、柳宗元、杜牧、王安石、苏轼、黄庭坚等一些大诗人都曾写过很多禅诗。明清时期也有不少诗人热衷于禅诗创作,有大量禅诗存世。禅诗一般都是诗人以空澄静寂的心境,营造圣洁的禅境,表现一种空寂、淡泊的情怀,以辨证思维看人生看世界,作品富于哲理和智慧。王相华的诗契合了禅学的宗旨和心性,他以灵动的感悟,追求澄明高远的境界,把深刻的禅理贯穿到诗歌创作中,应该说他在禅学的渐悟中领会了人生价值和意义,心灵得到升华,找到了精神家园。

浏览王相华先生的诗作,不难看出,他的目光专注于大千世界,芸芸众生,甚至花草树木,山石飞鸟……都被他融入了诗性的元素。很多诗作看似笔调平淡,信手拈来,娓娓而谈,但却是意蕴无穷。彰显出一种生命意识、人文关怀及大悲悯的精神气象,营造出一种清灵渺远的诗境。他的诗作借助丰富的想象,拉伸了诗语的界面,拓展了诗意的空间,延长了读者的审美愉悦感。

阅读他的诗歌作品,就仿佛和他对面交谈,又感觉清爽的心随着诗句的引领,就徜徉在他创造的诗境里。他的诗歌选材都很平常,叙述一些既平常又细小的事物,都表达出纯净的人文关怀,都包含人生情趣的感悟;他的诗一般篇幅都很短,但寓意透明,不晦涩,意境营造有张力,有禅思境界,读来很有温度。他的诗歌语言不刻意追求新奇特别，但读后总有景深层厚的意外效果，这有赖于他对身边事物敏锐的捕捉能力，洞悉平常事物所带来的感悟能力。他能够遇物而感，悟得人生，这是他人生哲学的修为境界，得一感悟，便可成诗。读他的诗，不必冥思苦想，因为他在字里行间消解了许多传统意义上的抒情修辞成分，倾入了叙述加口语的成分，使作品更加通明透彻，字句清晰，诗意笔透。可以读出诗人对现实的深度思考，读出一种超脱和自然，读出一种君子身上独有的淡淡的幽香。另外，我感觉王相华先生的诗，有一种独特的干净与纯粹，从不同侧面，不同维度，结构精湛的意象和精神境界，投射出哲思与禅意的光芒。他的诗，在人们司空见惯的日常事物中萃取生命本真的诗性情愫，在俗世生活与精神领域间搭建诗性的通道，从容地切换与进出。他的诗作摒弃了世俗市侩，保留的是生活的肌理和澄净的风骨。

王相华的诗歌创作得到了诗歌界的广泛认可，作品曾先后在中国八大诗刊发表，也曾在海内外 500 多家大小刊物发表获奖，还创办了新诗高地诗社和《新诗高地》《如云诗刊》两本杂志，与众多诗友一起探索，学习和交流。

王相华先生已然走向成熟，期待他更多更美的佳作问世，希冀他以独特的身姿活跃在中国诗坛。

王相华先生《山风吹过》即将付梓出版，谨以此小文表示祝贺。

2022 年 3 月 15 日于静心堂

（杨伯良，著名作家，中国作协会员）

目录

夏之卷

秋之卷

冬之卷

春之卷

那些深爱着生活的人
不过是从春天，找到了它另一条归途

置 换

指缝间漏掉的时光，堆成了小山
成为石头，废铁
或者是，生活与视线的障碍

母亲从来不舍得丢弃
塞满四合院所有空闲房子乃至角落
有时滔滔不绝
出现在她不经意的口中

直到生锈，腐烂，变成陈芝麻烂谷子
两代人的观念，各执一端
从固执的思想去打开另一个缺口
和置换事物的多面性

我开始理解，所谓旧色光景
是怀念与依赖，也是记忆发光的部分

潮 汐

千百年来重复的事从未厌倦
沙滩上深浅的脚印
被潮水打磨，抚平一些人抓不住的情绪

或许，它早就习惯了海岸
悲欢与聚散
胸怀，依旧宽阔无比
每天小心翼翼捡拾着人间的眼泪

那么多盐分和苦涩
让它坚定生活和不变的初心
并在有风的晚上
把际遇的细节，全部讲给礁石和水草

你看它周围站立的石头
冷漠，坚硬如铁
像一个人经历后面对的潮起潮落

颠 倒

错序的时间，把是非黑白，全部倒置
行走在生活的人和事
一些习惯，成为最后的主导

从思考中提取疑问
与精神生活，产生迷惑，像眼前倒挂的金钟
无法从摇摆节奏和它
枯燥轮转中，找到初始的答案

顺水而去的渡舟，一些人
——是我们熟悉的
另一部分人也是我们熟悉的，不同的是
有人会停下来，靠岸
有的人，会从逆水中力争上游

而我，是倾向于他们两端
对于真理的坚守
有足够信念，却无力改变它的现实

没有说出的部分

低处花草经历一场风雨过后
沉默，不再说话

它们只高出泥土，沙砾
声音微弱，即便内心有话也无人能听懂
有时候，也想说
而活在高处的事物从不愿俯首

压住这么多年，自行消化
最后，变成了哑石
或者是，有些执念会突然被打开

像有些话，当时没有说
之后，想说的时候，却变得毫无意义

相遇是一粒种子

万物，各行其道。我们也是
由陌生的路上
开始，所有遇见，还不确定的善恶因素

继续，保持着方寸距离
从感性里提取的景色多么玄幻
夜色正好，那么多人
聚集在山顶，把俗世不能释怀的事物
——变得轻而易举

时光，落在成熟的路途
沉默着。而我们，还在奔跑、追逐
直到精疲力竭，直到
西移的月光，撞上受伤的南墙

才会回头，清醒，或转身
让埋在文字里的种子，时刻等待破土而出

寻香记

三月底的旷野依旧有些荒凉
土地、花草、池塘
它们就像刚刚睡醒的婴儿

漫步在这样的风景里
会被一种陌生以及突如其来的清香牵引
但不知道它名字
仿佛从现实，进入一种圣境

与精神保存的模式
相同，并且对花开花落保持着
基本的清醒，而世界上
美的事物是孤立
且不可亵渎，又让人对它们产生敬畏

望见春天

分明感到时间的暖意，从天空
落下来，层层蜕变

接近泥土中，去唤醒深处
像我一样对冷暖麻木，不知道季节变幻之间
仍立在原地，有些疑惑
被裹挟在大雾，看不清本源，只是

习惯性眺望远方
而远方的雪，染白最初的视线
许多花都开了
这让我不敢靠近它们

远远看着，对虚美的事物
保持距离和融化后
真实镜像里，在我内心产生出的落差

群山无名

冠以名相，喊它，群山会有回应
但不管如何发声
都是如此，所以我断定
——群山无名
但有情有义。它们应和百花树木，四季变幻

只是惋惜，那些生命
不停地重复什么，从未对某些事物
产生依赖，甚至是

它孤独时的清冷，和春天里
藏起的筋骨，仍然
没有自己，以高古情怀包罗万象

并与高低的河流，山峰
以及所有万物
保持着它们独立的，不可亵渎的神性

脚下的黄沙

在沙地上行走的脚印深浅有序
内心天平的分量
与它有关，常常边走边想，如果身后有风
突然间会被夷为平地

容不得我们去留恋，须掌握
行走的方向，每一步
如履薄冰，对未知的事物产生敬畏

这是我，不惑之年对生活
理性的认知。砂砾的大小坚硬，经过筛选
它们也有自己的位置

我需要对世间，重新打磨一遍
顺着一条弯曲的河水
向东，淘洗出黄沙旷劫中隐藏的金子

止 语

从语境里找到亮点，大多时候
我会保持沉默
保持着，一块哑木头的个性

说出的话，有时像蜜糖
有时却像刀剑，它们从我们不经意的生活
脱口而出，成为
另一种习惯，而行走在江湖的人
必须学会用眼神观察

对于善恶真相，知而不言
在舌尖上，自行消化
将碰撞带伤的部分一次次堵住自己
喜欢泄密的嘴巴

从此，一叶木舟过重山
以茶代酒，邀明月，不谈人间是非事

春天是一件明亮的乐器

风，劲吹。它在三月的曲调
唤醒了异乡和我
比起那些万物，总是慢了好几截的距离
思想庸常，日子依然很冷
总怕它会穿过春天与我单薄的身体
毫无保留地透露出
内心的秘密。时间是早上六点
我站在五楼窗口想一些
遥远的，不切合实际的事物，被它们
催开的万亩桃园
也必会有花落的一天。只有这流水
生活的乐器，明亮、清澈
像走在黑夜的人，突然找到了新的出口

雨中的吉他

细雨的天空，紧紧怀抱吉他
谁也看不清弹奏的人
坐在山坡上，声音里还夹杂着电闪雷鸣

依然可以听到，低婉
带有悲声，却不知道发生了什么
这朦胧的雨境
过多猜测会加深更多疑惑

他起身，继续向前走着
离我越来越远
我们在某个季节遇见又突然转身

世俗，或者精神之上。或许
远去的风景，比看到的真相更具完美

春天的另一条归途

迎着阳光赶路，仍会有尘土
和我日夜奔跑时
留下的痕迹，天空还是离家时那么宽阔

万物，在经过暴风雪之后
开始复苏，而我们
还在归乡的路上，我看到冰雪融化
看到一些死去的树枝
以及沉默的石头，正开口说话

一切终究过去，一切
也即将发生，这么长的路就像是
经历了从春到秋
或者一生冷暖的跋山涉水

而那些深爱着生活的人
不过是从春天，找到了它另一条归途

石头花开

至今不会相信，石头能开花
奇迹，只不过是传说
这么多年，现实，一次次让我低下头

我像一块不会说话的石头
守着自己的半亩良田
只种植一棵玫瑰，浇水，修剪
开出朴素的花很美

与之默契，常游历世间之外
不断告诉自己，万物
皆有灵性，让所有不可能变为真实
去穿过高出头顶的花草

每次穿越，都会有几枚花瓣
落到沉默的石头上
迫使它开口说话，只说花开不说花落

烟火之内

聚集在一起的光，迎着黑暗
被红色包围着
村庄，在春雪中矮下来
凸显出它的光亮，从很远地方就可以
看到它，那么多祝福
竟然一时不知道从哪句开始

这满街的灯笼随风晃动
我步行穿过
一道又一道篱笆墙，有几支梅花
正从故乡向高处攀升
它们始终在人间，就像我
还无法舍离，那些烟火之内的事物

秘　境

被岁月追赶，从林荫小道
到一个未知的秘境
若有良田百亩，又何必在乎陡峭与劳顿

江湖之上，多少兵器
藏在名词的腰间
总有几朵走在没有归途的桃花
在逆反季节
落在举起的刀剑下成仙

这人间，没有任何钥匙，打开自己
坚固的执念，如石头
如谜团，须借雷声劈出真相

山风吹过

从哪里吹来的已无处考证
时冷时暖，甚至
有时它会带有强烈的情绪，灰尘和沙粒
一次、二次、三次……
在隐忍与暴怒间，我需要时间
却无法抓住它
也叫不出它任何名字
久而久之，被吹痛的脸终于有了厚度
并伴有粗劣面孔，仍有神韵
是藏在眉毛下的山河
当冷风再次吹过，已视而不见
仿佛经历后的我们
各得其所，对心外的事物不屑一顾

白瓷碗

张开圆形的嘴巴，像要把天空
吞噬，许是饿得太久了
它们坐在厨房的旧色木桌上
与我们几个围坐一起等母亲把饭菜盛满
而在乡下，吃饭时
是不允许多说话或出声的
我们索性一边吃
一边抚摸起手中白瓷碗光滑的肌肤
醉心于花纹，多么细腻
甚至忘记自己在烟火升沉间
对应它的诗性和朴素
让妄念，足足窒息了方圆十几里

与一条河之间

日夜不停，只有遇到水草或石头
转身时，才能看你一眼
然后继续向前，向太阳初升的地方奔跑
其实，浮世中的人是听不见
哗哗流水声
所拂过每一颗砂砾的嘱托
只有母亲，坐在河边洗衣服时的捶打
与之对应出的悬念
仿佛在另一种声音的撞击中
有些水花跳跃
突然停下来，睁开了觉悟的眼睛
呵，它们单纯，平静
却又在远去瞬间带有复杂的，像我一样
在成长过程中
不可言说，微妙且细小的忧伤

鸟鸣落在肩上

躬身，面向泥土。阳光，翻遍了南山
和南山上所有的庄稼

才找到你，起初是晃动的影子
后来，站立的姿势
不动声色，像一块木桩，一只鸟儿落在肩上

这种突生的场景，让你
对长久疲倦的生活有了新生的喜悦
每一声鸣叫都像是
唤醒内心，死角中积聚的黑

快速向外延伸。与万物
保持着不可分割的某种可能和微妙衔接

春风醉

从冬末逐渐变软，穿过麦田
遇到了陌生的石头
树木、城墙，它停下来，绕过尖锐的事物

流水，在坚冰里醒来
突然觉得，被它们吹过的地方
会长出生活的光
且充满生机，如我此刻
走在风中，迎着它，站在故乡的山顶上

回望自己半生的路途
像浮云，白驹过隙。而当下
醉心于春风的人
闭目间，正勾勒着未来丰茂的图景

一闪而过的事物

并非有意留住什么，它从眼前
闪过以后，只是当作
流星，照亮黑夜里，像我一样发呆的事物

并且，思想是从其他空间
——突然惊醒
面对现实，依然感到
疲倦、颓靡，甚至是在这炎热的夏季
对任何事物提不起信念

它的出现，尽管是
我看不清它真实面孔：眼睛、鼻子
或形体的大小……
而我依然对它充满了感恩

如站在茫然路口的人
深深划过的，擦亮我们内心天空的闪电

眺　望

从低处往上，山巅花枝如期开放
能闻到花香的人
与它们具有同样磁场和高度
仿佛一夜之间
成了这个世上的主角
楼房，街道，以及川流不息的微尘生命
我并非觉得，此时
多么高大，一种无法言说的悲喜
由此生出的沉默
曾经执着，且缠缚的爱和恨
如此不堪一击，就像
站在生活之上看到曾经迷失的自己

距　离

保持距离，站在自己的位置
不敢越过雷池一步
或坐或卧，风，吹起衣衫，山石蹲下来
我们各守半边天
越来越高的欲望正从内心逆转
那么多苦，却比不上
对一些虚无事物的自制力
而变得更加沉重。流转于诸趣的河水
再也无法留住什么
远观，静止，才可以看清
彼此处境，和明月勾勒出新的轮廓

白月光

所照之处，成了人间的雪景
我坐在有光的地方
看那些白天无法辨识的万物各有所属
必须安静下来，才明白
生活面具里隐藏最深的东西
一样也得不到
在世间，有几个能站稳脚跟的人
被它们拉得越来越长
我们随风，绕过黑暗的碎石
扶不起夜的沉重
它落在内心会成为久病不愈的痼疾
而余生的路，仍要继续
仍要保持着与月光最近的距离

大雁北归

它还是顺着原路返回，它甚至
做了很多记号
在人字形继续飞翔的翅膀
随时间加深的倦意
越来越重。北方还是有些冷，而油菜花
开满了好几座山坡，河流
从三月的骨架
开始膨胀，覆盖住几截瘦弱的故事
许多痕迹或一些人
再也不是去年南翔时看到的模样
风，吹起残叶和灰尘
它不知道未来还能坚持多久
南北迁徙，它只能
在自己心内筑起一个又一个虚设的暖巢

油菜花开

并不以为然，它在三月开
转眼又凋零的事实
明理无常，对眼前漫山遍野的大片黄花
我常常会比它生长速度
想象得更远
而此时，赶在落花路上的人
在变换中多了一份
对生活的忧患。终归我们是两个
不同层面，在各自位置
远观，彼此惜缘
只是觉得花开，也会有它伤春的无奈

春　分

站在冷暖自知的起跑线上
不敢回头，或者
它一定会带着河水和几朵落花继续向东

该逝去的事物无关美丑
在内心形成
暗涌，须绕过坚硬的石头
像迷路时对某段生活保持的清醒
而黑夜与白天，它们
再不会为彼此长短而争执不休

面对这大漠风沙的三月
骆驼一样，背负着各自前行的重量

大风歌

四月的雨水，说下就下了
一些人带着祭品
跪下来，在被大风吹乱的林岗里迷路

必须等一场接一场灰尘
落下来，才可看清
这冥阳两界，不过是隔着一块石碑
近在咫尺，又像是在天涯

多么熟悉的名字
刻在内心，此时仍会隐隐作痛
就像你活着的时候一样

那些苦乐对峙的生活
在清明节，只剩下遗留人间的回音

水彩画

固定某个春天，花草常青不败
这样的画面色彩丰富

很多年不变，像有坚守的人
不管身处哪个季节，有风有雨或者电闪雷鸣
都与它无关
我有时看得出神，会进入角色

一条弯曲的路很长
望不见它尽头是否充满生活的明暗
实在是过于唯美
类似蛊惑，靠近却必须远离

且时常站在风景之外
保持距离，保持对万物的理性和辨知

风，吹在路上

逆风行走，并非有意与它对立
对于生活的硬度

迎着它，始终靠阻力撕破
自己的见知，在这之前已尝试过顺从风速
所有方向，都在风中
去抵达。非我所愿，前路还很远

折返的风沙，正日夜敲打
被一些伤疤遮盖
灵魂，始终走在一条明亮的大道上
让一场风，为我让路

吹着那些装作素不相识事物
我们十万八千里之内
擦肩而过，再也追不上继续奔跑的人

二月山风

其实，它们并不愿此时下山
人间繁华，有时
是一种迷幻，况且，它不想以剪刀的方式
剪断春天升起的炊烟
在母亲满头白发中产生逆向冲突
它那么慈悲，柔和
每次来时都带着山野的松香
但必须保持距离与平衡
与去年那场风，是来自不同的方向
如今，我忘记了
曾经无意间被沙尘击痛的伤疤
山风中，还能听见它
和我一样的方言，从故乡那边吹过来

新年书

鞭炮炸开春天的第一朵雪花

冰川融化，风

牵着远方归乡的游子

昨日如梦，我们生活在新年苏醒的土地

把没有开花与结果的愿望

继续种在路上

新一轮阳光开始照亮熟悉的村庄

多么温暖，我们赶集

扫院子，包素饺子，炸年糕

贴对联或送祝福

把每寸光阴都过得祥和与饱满

神灵降福，我的祈祷

始终不变的是：所有我爱或爱我的人

石头上岸

这些陌生，且熟悉的人与景
记不起名字与旧模样
以及曾无数次把它们想象得近乎于完美
而深陷泥土多年
在黑暗中，只守住最后的底线
对于岸上有阳光的部分
并非忘记什么
却连痕迹都消失殆尽，它们
带着疑问上岸，生活常常是无所适从
习惯了沉默的石头
从不愿开口说话，直到雕刻师
用斧凿打开三月的喉咙
打开它们，落在春天里细小的回音

某块境地

行迹于江湖，在人群里的孤独者
手中，没有刀剑

相识的人，也陌生着，文字只是一帮
沉睡的符号
蜷缩在某个角落，如果
一粒沙里，真有三千世界的神奇

足够容身了，却时常会被
一些世人忽略，他们在不屑一顾的眼神里
其实，更加茫然

而我们，有匮乏也会有丰盈
守着某块境地
取暖，活在黑夜里，也像是在白天

瓦　罐

在时间里加重的锈迹
是抹不去的影子

谁在青灰色瓦罐上刻下好看的花纹
谁就拥有它的权利
只是，瓦罐体内已经装不下
太多日月风尘
和一个人积聚的情结

而小部分空间，仍灌满了风云
星星，雷电，和记忆
在冷漠的人世
可以听到它，与岁月沉落的回音

由里及表的过程

在光感作用里向外部延伸
需要层层突破

这个过程，如同从某个深渊经过
坚硬的石壁
一个人有时候找不到
任何理由，安静时刻幻象丛生

置身在闹市，再次
回归田园，想到了大海和你，以及礁石上
沉睡的贝壳
而更担心的是黑夜的肉身

透过阳光的照射
没有人看见，或测度你的心界
仿佛所有人蜷缩其中

又用力攀爬在另一条路途
由里及表，我们
都是自己内心探秘者，浮萍般地游走

车　站

南来北往的人，与我擦肩而过
几乎都是陌生的过客

车轮驰骋，不会为一次别离
或者相聚而悲喜
被皱纹藏匿的故事还在
甚至包括，我们从小到大送走的亲友

随着冷暖改变，迁徙
富贵穷通，成长中总找不到支点

车票上的字迹，依旧模糊
就像当初，我们
始终看不清远方的距离
在母亲叮嘱里还会错过故乡的站牌

流 云

无须过问形成的过程，脚步轻盈
它多么纯净，和自由

每一场风都变得小心翼翼
生怕吹走那些
幻化成的各种风景，为季节行走的人们
撑起巨大的伞盖，而阳光正好
可以穿过它的缝隙

终归还是要远去，或者
被更厚的气层
迫降到人间，去触摸枯竭的枝头

并在我远涉千里的北方
化成水，乃至烟火
让春天的云朵，从另一种高度重生

陪 伴

经历聚散，对情与无情的事物
变得更淡漠一些
越是靠近，就越发理性

时间，会消磨掉万事万物的依赖性
比如一块石头，和利刃
它们最终结果是，两败俱伤

但我始终相信，这世界上
相生相克的道理
只是长久习惯于生活，关于分离
生硬，且不敢面对

让随顺的习性主宰运程
让短暂的陪伴，为黑夜的孤独买单

麻雀飞过

公园里的树木日渐萧条，它们落下来
风，比我想象得
要凉一些，裸露在枝头上的
影子，鸣叫着

叶子还在不停地飞远
突然就沉默下来，向西面望着，此时正是黄昏
——黑暗将至
是的，黑暗，一定会来临

它仍会驻足枝头，四面透风的巢
白霜加重季节的呼吸
自知渺小，声音都会压得很低

我们经过树林，与之对视
这时间之冷，仿佛
要从初冬试图僭越下一个春天的距离

圉　圄

草原被分成多块围墙，这广阔之地
生存的空间足够大

土墙简陋，一阵大风或雷雨
就能使它周围坍塌
并无大碍，对于牧羊人最初的设想不过是
为自己构筑内心的城堡

就算是画地为牢吧
一生坚守，做人之本——远离是非
争斗，黑白颠倒

每天听蒙古大草原的号角，吹着
只有他们和那些牛羊
能听懂的，如天乐般，在圈圉内外回荡

虚 构

从现实取出锋利的刀剑
试图在石头上
刻出名字，或者传记之类的文字

这种虚构的方式，最起码
可以满足一些人
内心日益膨胀的欲望
然后拴住他
在胸前风口挂满的名利勋章

其实，闭着眼睛的世界
画面多么真实，还能望梅止渴

天空有飞鸟，雷声和大雨
人间有泥土与锄头
和鸡叫三遍后，生活内外长满的荒草

守 候

行迹于江湖的人，刀起刀落
有悬念上的果
即使，你用双手劈开生死路的大山
却砍不断东去的流水

索性静守某个未知的事物
让巨大空间回流
思考，再穿过微细起伏的杂念
寻找一颗相同的沙砾

我的渺小，是俗世看不见的云或水
坐在无人的夜
等待从高处摔下去的词性
堆砌土地上的一座
安于现实，不易被摧毁的神邸

烟　火

巨大声响打开黑夜的寂静
一些星星，会被震落
它们只是发光的石头，有时会开出花朵
并努力挤进尘世
以亮色部分，隐匿初始的身份

我们对视无言，在空旷心境所依附的
只有一湾流水
洗清蛊惑背后的尘埃

村前小河深了又深，每天承载
那么厚重，落下的树叶
生灵，与刀痕，在烟火照不到的乡村
是黑夜抵达的另一种忧患

喊出空白的部分

在光线遗漏的缝隙，寻找生机
或者记忆，它们有着
磅礴的一面，内镜折射是不为人知的部分
照亮过森林，草丛，以及
幽深峡谷里，被时光淡漠的初心

时间过于匆忙，适合摆渡的人
提着黑夜灯盏与静默
粗略中的远方
有关于一尾鱼走失的痕迹

天涯依旧为故乡，以感性
豢养的生命，长在珠痕未干的莲蓬上
可以诉说什么，每一声
梵音，都是旷劫后的回落

荷塘落幕。想起鱼竿垂钓的月亮
在水中破碎成影的失落
为你喊出寂灭里，一直无法言说的空白

与一尾鱼谈天说地

谁能倒叙一段时光，在海岸之上
所有的修辞重新组合
修建流水深处，可以装下鱼类的臆想
穿过薄云，提起天空的悬念

再没有一条河，衔接月宫
赤脚少年正躲在岁月折叠的皱纹里
梳理苍茫的事物
只有青石还托举着流水
为一念错失的忏悔，扶起垂下的额头

一尾鱼开始拨动佛前的灵珠
与我对视，并交谈着
不明来历的月光从耳边打马而过

天地间的真相，已被你道尽
万物唯听是从，关于是非，却只字不提

记忆在目光中回暖

脚步始终无法停下来，云朵挂在天上
被挡住黑夜的目光
仍可以触及到多年前的风景
基石坚固，透过弯曲走向
拾起丢失的玫瑰，压过天平的重量

世道迂曲。踩过去是凉的
也是温暖的，父亲打理着一亩三分地
与摆满庭院的陶器
一次次灌入风声，每一种姿势
都贴近泥土，打磨着沙子内藏起的月光
取暖，或施与旧色的黄昏

熟悉的村巷，究竟隐藏多少风雨
你只取一瓢水滋润着乡情
为一截残垣的墙角
种下寒梅，在月光的高处，也在低处

古　巷

与古人脚步，重叠的一砖一石
被时间，赋予灵性
让走在上面的男女老少，踩着余温
触摸日益风化的锈迹

它的古朴，庄重，和深沉
渗透每一寸土地
过去与未来，我是岁月中间一条漏网的鱼
守着阳光反衬的天空
还能听到，巷子里熙攘的人群

那些足音多么微弱
只在渐行渐远的流水中，消失或回放

我的悲伤从不影响别人

强颜欢笑去努力支撑着生活
这并不妨碍
与朋友一起喝茶，聊天，爬山或谈生意

谁都无法测度内心的悲伤有多深
只在无人的夜里
掏出来梳理，那些沉重的事物
由一个人削减和应对

这些年，被所有经历磨平了坏脾气
有时候眼泪流到一半
就收回去，现实不再相信
悲伤时获取的同情
有多么廉价，而来自不同的声音

像一场风，吹过以后
在时间的脚步里，没有留下任何痕迹

破茧而出

有些不可思议的事物也会发生
它出现在生活之外

有时觉得，神性的画面
在世俗里升华并成为自己精神的抚慰
把现实的障碍
透过另一种方式得到满足

而神话，终归玄念
在经历了比石头还坚硬的城墙后
才明白，回归的意义

接下来，他要等额头的旧伤
平复，让一只虫蛹
破茧而出，变成神话里得道的蝴蝶

草尖的虫鸣

没有风，它会安静地蛰伏草尖
在远离闹市的山野
或者，城市无人区的角落

它试着发出微弱的声音
不会惊动深夜
那些熟睡的人在梦里品读的诗书万卷
和梦外，面对的现实

青草长势良好，正值孟春
几只幼虫，伸展腰身
顺着弯曲的日子继续攀爬着

直到叶脉枯黄，低下头
依然能听到它们，摇晃中浮现的鸣声

对　镜

它静立多年，两只犄角刀剑般
让一些人，不敢靠近

况且，它身上刷满了红漆，眼睛如大灯笼
——尤其在夜晚
被霓虹灯缠绕，充斥自然的野性

我观察它很久了，并不害怕
看似威猛，却带着
某种困惑的木牛，与它像多年的朋友
触摸它的头顶和毛发

如拂去内心的执念，棱角
以及思想的灰尘
在动静之间去重新认识它和我们

蜀道者

不敢翻阅史记，关于蜀道
蚕丛和鱼凫之后经过四万八千年才打开
它与秦地的通道

这高山之巅，只有飞鸟才可以
穿越的死亡之谷
依然有人试图去探索秘境
试图，从现实跨越精神之上的圣殿

何其难，我在李白的诗句中
徘徊，坐以待毙
而蜀道者的勇气能够穿越从西北到西南
——沿途风景，挖掘
无数的宝藏，在碎石里等待阳光

等待我们，从时间的筋骨上
轻而易举提炼的标本
在历史纸卷上刻出更高的险峰和艺术纹理

流水的去向

经过门前的路口，只在午后阳光里
转身，说出风尘仆仆的理由
时间那么紧迫，你必须赶在落日之前
找到归宿，并安静下来

雪花又落进水的怀抱，像飞蛾扑火
让一条河瞬间开始膨胀
开始在春天沉睡的地方肆意流淌

再看不到清瘦的目光，在异乡
穿过虚掩之门，从流水中打捞着花朵
与枝头上走失的影子
闭上眼，会听到耳畔风声，吹走最后的回音

棱　角

收起它，在中年后被生活磨平
藏在内心，只坚守着
正义和硬度，对应它善恶的两面，有时如箭

在黑暗，多次射向
可能障碍黎明出现的几块乌云
这并不是它
再次停止生长的原因

它有时是柔软的，弯曲，向内转身
刺痛自己，或警示
把一切不平等的事物看作正常

——而这些年，多次反省
自悟，成为习惯
成为你对岸，蜕化成飞过沧海的翅膀

夏之卷

坐在青石上的影子，凝望或发呆
听六月凌乱的风
倒叙它们，和我半生都说不完的心里话

鹅卵石

基本大同小异，或许它们
是有相同的经历

把棱角磨平，从海滩到城市公园，必经之路
继续被游人踩踏，或者
在水塘边，各自潜伏自己位置

它们生锈，受伤
面对生活不再去抱怨和哭泣
没有人知道
多年前从母体分支，从此随缘流转诸趣

甚至是，所处的环境
叫什么名字，什么人经过，只是
与杂草，日月相伴

照着万物和它，以及我们
在生命过程，获取内心最终的平静

纸上花影

落在纸上不再奔跑，红色的花瓣
安静侧卧，刚好
盖住一段文字精彩的答案

目光停下来，打量它
如同审视天外来客，若不是敞亮窗口的秋风
我仍会迷失在
故事中，那些忧伤的细节

它们借助光线，分明能看到
仅有十多平米的房间
旁边是水缸，几条鱼的沉浮如我半生

它再没有挪动，只是瞬间
掩盖了后续情节
始终不愿猜忌的结果而留出悬念

光　阴

被遗忘，也被生活淹没在路上
我几乎忘记它们

那些明暗沉浮的念头
藏在思想深处，或者某个时节的小角落里
我只是，顺着年轮
从朝至暮，有选择性去跨越光阴

确实，我已无法将细小的
人与事的对错
不断融入新的起跑线上，多岐的路口
脚步迈出时已成定数

再次打开，我仍然会为之震颤
像一道深埋的雷电
将光阴里的悲喜，重新附加于灵魂之上

黄昏是一面镜子

落日，靠近西山，巨大阴影被拉长
从水岸，向东面延伸

我终于看见，这样的景象
大圆脸，柔和的光线，多么像某个夜晚的月亮
突然安静下来
只是，它即将陷入大山的背面

——此时，必须放下
见思烦恼和执念，并且快速修复内心
因炽热留下的疤痕
而对岸的东山，仍有光在攀爬

像碎片，逐渐消失在峰尖
它余光中的晃动
如一面镜子，反衬着崖壁上追逐的人群

瀑　布

倾泻而下的水，让我误以为是
从天而降。其实
它是有源头的，某片水域、池塘，以及
流动的小溪

汇集成巨大力量而形成
此刻的壮举
有时候，我们看到的风景并非永恒
瀑布的背后隐藏着
如舞台光环下所承载的苦乐

这条被游人举亮的词性
刻在一块，千年生锈的石头上，奔流不息
它们，也想停下来

而世间万物，多像我们
日夜奔波，抵达一个没有止境的属地

倒悬的地平线

海滩挖蛤蜊，河边摸鱼，树林捉蝉……
这是小时候常做的事

它们，没有权利去选择生死
大部分是被我们
烹煎烤炸，对于弱小生命始终觉得
与人的痛苦毫无关联

甚至是，天生卑微，为人类
所需而生。却不知道
这种残忍的暴行在我多年后内心形成业障
至今，不愿认错

我吃素的原因，也是对自己
心灵的救赎，是从黑
到白，从迷失洞口向无边的辽阔延伸

是从倒悬的地平线上
找到我们，在人间初心的位置

低头赶路的人

无视于周围的障碍，却只会留意
路上的几只蚂蚁
昆虫，和几块顽固的石头

脚趾裸露，而肩膀上
挑起的分量，让他在扁担中间起伏不定
早上五点，菜市场的大门口
紧闭着，那些茄子
黄瓜，西红柿和小白菜……

都不说话。露珠，从它们脸上
滑落，一路捡拾着
那个低头走路的中年男子
豆大的汗珠
和为了生活仍然不忘
初心，以及他对脚下万物保持的敬畏

河 流

内心筑起的城墙足够强大
仍挡不住一条河向东
奔流的欲望，如上根利智，经过时间磨合
让一堆锈迹的石块
避开，并逐渐打开体内的缝隙

它们多么干净
从始至终没有留下灰尘，分支路口
彼此沉默，有一种
莫名的孤独感，开始加深
思考事物也不再简单

所不同的是：我整日忧悲劳苦
与之逆行或攀升
它甘愿在低处，保持自己的从善如流

石 音

站上几百斤的巨石，它在流水间
让我惊叹的是
它竟发出浑厚的撞击声

惊动了几棵水草
和水草中的几条小鱼、青虾。而我并非有意
——打扰它们
总觉得沉睡，不应在落花的深秋

周围的事物，开始聚拢过来
我仍然踩着巨石
晃动，它凹凸的表层，有被爆裂的因子

我们都有石破天惊的想法
在这平庸的生活
以某种声音，替代时间死寂的沉默

又见荷塘

显然，有些狼藉，在秋风里低下头
荷叶落在水面，它们
放下自己向上天倾诉的勇气

我站在荷塘边，很久
几棵芦苇左右摇晃，它们舞动腰身，旁若无人
像我此时面对着
生活的苦乐，独自应对和消解

仅仅三个月光景
从生到死，那么多人来过，转眼间
这空寂之处
只剩下流水和杂草之间

坐在青石上的影子，凝望或发呆
听六月凌乱的风
倒叙它们，和我半生都说不完的心里话

树　荫

与其相比，更喜欢被风吹动的声音
随着季节变幻选择它

长椅日渐冰冷，曾经有些人
坐过，仍没有捂热
这些多余的位置，只留给两个人的谈笑风生
也不管冷暖
就像是公园里特设的专属

时间久了，对周边的环境，鸟鸣
甚至树木的纹理
粗细，分叉，叶片或大或小

都了如指掌。而阳光
穿过枝条的次数也越来越多，尤其秋后
它光秃秃的头顶
让一片树荫，变得明亮且萧条

蚱 蜢

向它靠近，迅速划过几道波纹
隐蔽处是弓形桥洞

四处来往的游客，并没有
发现它，我开始怀疑，自身是否带有的戾气
让它远离的原因
——这是我需要忏悔的

它躲在桥下，一动不动，我看不清
阴暗处的眼睛
每一种声音或许都是惊雷

而见到我，它落荒而逃的样子
让我想起当年
单纯，涉世未深的自己
遇到一些人，比遇到猛虎更加惊心动魄

篝　火

许多图像落在某个时节，从时间
分支出他的影子

火，从未停止，密林深处
我们是忘记世俗的人
陌生到熟悉，其实是没有距离的声音
呼出，积压负面的情绪

顺着一棵草，一块坚硬的石头
攀爬，抵达高处的云
那夜的风，夹带着几颗雨滴
落在一首又一首
跑调的音符，也落在青春奔跑的路上

后来，我们各自去了远方
再后来，只剩下
那年的篝火，在文字里忽明忽暗

逆 光

常会本能地逃避什么，闭上眼
一些光会穿过体内

远方藏不住秋天的抒情
叶子落下来
这荒芜，空寂，属于整个世界，厚土之上
草尖，枝头，塔顶
几粒瘦弱的鸟鸣，裸露在野外

继续赶路，影子会由短到长
黄昏，已暗淡无光
一个人走累了，就坐在水岸上歇息

等日落，也等月升
和黑夜里，提着灯笼等我的人

倒　影

大山脚下，溪水，泉水，很干净
水是从庙宇旁顺流而下

如果是晚上，会有星星
掉下来，两个人，不会害怕狼，或者盗贼
其实，也很少有其他人来过

他和她，并不孤独
每次取水时，会看到自己的倒影

在水中傻笑。风，吹过来，又吹过去
内心越来越清凉
等风，再吹过来的时候

他和她，正抱着陶罐里的月亮

木 牛

低头作揖。又像伏地的猎户
它这样的姿势
已经保持很多年，却走不出商城大门

被路过的人抚摸，拍照
所形成厚重的包浆
那么亮，仿佛是开过光的神兽

而有一些灰尘，会进入
它的棱角或缝隙深处，越积越厚
随着时间变成
身体一部分和生活的影子

慢慢抚平，斧劈与刀斫之伤
以及它接受现实后，内心磨平的犟脾气

忽略的声音

思想的发声，总在安静时产生雷电
是别人听不见的轰鸣
只存在深夜，或我的执念里

内心下雨的时候，天空
是晴朗的，任何外界干扰，都无法进入生活
如无数列火车经过
对流言，视而不见甚至被忽略

只专注做自己喜欢的事
尤其中年后
从大片流水里淘出星星，或接近
天道的云，看着它

卷起自己的心事向西奔跑
从不会担心半途
某些声音，在黑暗的罅隙中喊破苍穹

阳光暗角

它强大的光线，穿过厚重的雾霾
穿过生活粗劣的暗角

有些地方，是照不到的
比如石头的背影，比如潮湿内心藏起的种子
随着日月移动
左右摇摆，保持它们的属性

阴影里照样长出青草
开花，结果
它们具有的蛊惑一旦遇见阳光

只是瞬间，被打回原形
阴阳，相生相克
也让我们习惯性接受人间正反的事物

突降的风雨

正如这奔跑了四十多年的路上
从未设防，风和雨
或者，一些突发性的事件

阳光微笑着，在它经过的闹市区
陷入蛊惑，陷入
我一直无法辨认出的真伪，且深藏光线背后
雷电，与隐形的乌云

软肋，被切开后，我的后半生
仍然沉浮不定
如此也好，自己活得就像这场风雨

而湿漉漉的体内，一把伞
为你，撑起了好多年，也没忍心放下来

生锈的铁轨

火车擦亮它的身体，闪过之后
再也没有回头

阳光，每天都会赶过来
安静地坐在它上面
等时间倒置，等那些场景从清晰到模糊
等一场，又一场大雨
淋湿它的坚硬，而慢慢渗透内心

变凉的日子，再也等不起
往返的轨迹已变成
比两块锈铁，更加绝望的视线

它们，躲在荒草中沉默
多像那些年，不愿开口说出心里话的我们

渔 火

打捞着生活中遗漏的事物
夕阳西下，两个影子
此时能看清的，除了涌向彼岸的波涛
还有寻找的生机
但对那些鱼类生命充满矛盾
黑暗，再次漫上来
他们必须要赶在天黑前收网回家
思想的发声
或许，比现实活下去的勇气
更具有说服力
像这渔火暗淡的光淹没的另一种光

赤水河的马

记不清黄沙沉淀在长江上游的数量
奔跑的马儿停下来
它们在干净的河水里看到
自己的影子
以及那些刻在砂砾上沉默的厚度
流过的水，变为美酒
还在醉着没有归途的人，最后坐成坚硬石头
也不愿离开。两匹马也是
当它们，卸下重负
逃脱人为的枷锁，像草木一样
活着，还要去忘记什么
面对陌生的境遇
仍要穿过内心疤痕而逐渐修复的城池

江　湖

起先，并不知道那些锋利兵器
会藏在某些人的心里

表面看起来，我们和他们
都是好人，都站在各自山头上看世间风景
划船、赏月、饮酒
在一朵桃花上，舞文弄剑

那些走在江湖上的人，一不小心
就会把自己弄丢

上山和下山，需要拐几道弯
对于终点的盲目性
我还无法看清，善恶之间存在的距离

海风吹

它吹海水的力量，是由高度
决定的，分不出胜负

礁石的锈迹，风，曾做出过努力
不管怎么用劲去吹
都无动于衷，它们之间到底谁先于千万年前
来到这片海域，已无法说清

终于，它们都安静下来
思考着事物的源头
争执了半辈子，才磨平那些棱角

生活面前，它柔软的内心
只能藏在无数鹅卵石中间伪装着坚强

复　述

往前走也往后退，思想深处
固守的事物，结冰
通过春天门槛，再次遇到多年的景致
要怪，就怪时间太匆忙
我已经记不清
那些曲折离奇的细节，老屋
和老屋的几个亲人
去了哪里呢？雪，跟在大风背后
继续染白模糊的视线
对于陈旧的故事，并非是
忘记什么，只能赶路时瞬间的回望

麦子在西部成熟

安静时会听到它们拔节的声音
母亲按时施肥，浇水
像照顾我的成长，不同的是
那些麦子都很听话
在六月时节，常会做谦卑或感恩的姿势

阳光西移，我跟着母亲
在地头上转悠，然后找到西边
比较明亮的地方
坐下来，我思考的事物也由浅入深

风，从大片麦田吹过
有些事物积压在心头成为负重
必须学会独立
像一棵麦子，在成熟后
放弃那些低处的，被时光蜕变的部分

芒 种

阳光下，每天会低下头来
与土地对话，从南吹过的风忙着唤醒
像我一样慵懒的人

插秧，种大豆和救命草药
母亲不停地忙碌着
我站在故乡望不到边的土地上

翻开夏天。种子迫不及待
从我手中滑落
有时会撞上石头，有时也会撞到虫子

至于结果，从来不敢去想
相信耕耘和收获
是成正比，由此而安慰了我大半生

彩虹桥

在雨后，习惯性去看天上
架起巨大的弓桥

我常坐在无人的高山或水岸边
想一些不切实际的事物
而眼前有时清晰
有时模糊，从现实到精神的跨越
是我无法掌控的纬度

天空有鸟飞过，那么轻松
就穿过人间的荒漠
当黑夜慢下来，我依然还坐在
那片彩虹消失的天空下

等待它再次出现
把生活的重量，在虚境中安然普渡

一些鸟鸣在生活之外

只有安静下来才会听到
几粒好听的鸟鸣
其实，它就在我去菜市场往返的路上

而脑子每天装满生活的琐事
客户，商家，或赔或赚……
这时，它只喊它的
我只顾想我的，与它之间相互衔接
又像互不相容的个体

天很快就黑下来，疲倦的灯
平复了内心的躁动
我摸索上楼，开门关门，吃饭和睡觉

直到第二天凌晨五点半左右
我醒来后又听到它
还是那么好听，仿佛是
从我耳朵里，一大堆杂念挤出来的声音

夏日星空

坐在街道或河滩上仰望星空
多么安静。此时的夜
很漫长，许多故事因此变得有头无尾
听着听着，我们就睡着了

那些数不清的夜晚，就像是
天上星光一样多
直到季节变凉，直到长大或离去

直到我们，三十年后的梦境
依然还回到那年夏夜
在没有讲完的故事细节里
寻找如流星一样，走失的故乡和自己

那年的我们

说好一起做神探或当代科学家
火车奔跑的时间
越过我们杜撰神话的速度
许多花籽撒在路上，还没来得及开就凋零

后来，我们彼此变得陌生
我躲到黑夜半颗芝麻里，一滴雨从窗口
落到额头，天空突然大亮
那场飓风一直刮到第二天黄昏才停

而那年的我们，也刚好在今天
这样的夜晚，天变成了
一杯酒的紫色，是扫地的大娘用几片叶子
盖住我们俩碎了满地的醉话
你说你的，我说我的
其实，谁也不用为自己的话去负责

如今的我们，都步入了中年
你看这些零散的部分
落在笔下，多像是永远也写不完的剧本

南风吹

张开手臂，然后闭上眼睛
我确定今晚的风
是来自南方，是高于城市上空的地方

以风为餐，月光和星星
都瘦得只剩骨头
我体内幽暗，风，穿过我的肺部
它一定带走了许多阴影

让我在这样炎热酷暑的夜晚
减轻更多的重量
广场上的人越来越少，包括刀剑和喧闹
陆续收场，周围多么空旷

我必须找到南方更远的天上
风的来处和归处
因它的赐予，让整个夏天都十分惬意

经历死亡

眼睛微闭，然后屏住呼吸
体内如多瑙河一样
八种颜色，它们在分支路口握手言别
已经合作这么多年
第一次忍住了汹涌的泪水

我感到此时的天空就要黑下来
雷鸣不断，风暴与雪
覆盖住身体，仍然心无恐怖

身后半生的诗文正坐在书橱里发呆
多么寂静啊，我欠的
或欠我的，从此一笔勾销了

那些爱恨，来世再无关联
而我正经历的死亡
在一朵云里睡去，又被另一朵云喊醒

一棵槐树

其实，它并没有高出我很多
我安静地站在槐树旁

能清晰感到白天它在太阳下的温度
在这样有风的晚上
它比公园里老人们舞剑的姿势
更具神性和活力

风，有一阵没一阵地吹着
路上嘈杂声此起彼伏
我用两根老冰棍抚平体内的躁动

让整个晚上始终那么清凉
而那棵槐树和我
像是兄弟，又像是擦肩而过的陌生人

路过鞍山西道

多年前路过，只是路过而已
那里具体的样子
早在时间里淡忘并模糊

再次路过，大多时候我是开车去的
有座科技大厦很高
这是我目前唯一捕捉的风景
围绕它从月到年
送一个人上班，或等一个人下班

时间久了，能记住周边胡同
商场，或小吃位置
甚至熟悉附近的银行，邮局和医院

只是觉得，喜欢某个地方
肯定与某个人有关
这种说法，是我路过鞍山西道时的印证

父亲的银行卡密码

他从来不说关于银行卡的事
我也从来不问

这么多年，父亲是那种把金钱
宁可攥出火星子
也不舍得花到自己身上的人
他精通制陶的手艺
走南闯北，后来回到老家种田
再后来，会去附近的工地打点零工

直到父亲 73 岁那年冬天
生了场大病没告诉我
却第一次告诉我银行卡的密码

那年，他终于闯过那道坎
我也终于在银行卡密码里读懂了父亲

彼岸天空

云可造景，从南到北，或从西到东
有雨水的季节
所有庄稼和花朵都泪眼婆娑
它们不敢抬头看天
对于能隐忍的事物选择继续回避
或者，保持它谦卑的姿势

等水漫过脚趾，身体
乃至额头，形成巨大的像青海湖一样辽阔
成为水面自由漂浮之物
日夜清洗，这世间所有的灰尘

此刻，我体内潜藏的价值
只剩几根干净的骨头
在彼岸天空，支撑着生命奔跑的重量

一粒粽子

它只是整捆粽子的其中一粒
在端午节前夕
母亲小心捡拾叶子和米
对它们的平等和敬畏让我陷入思考

就像世间万物，都会有各自
所处的基本位置
而形成不可分割的整体

我们吃粽子，也在念着天地之恩
念着稻田的农民
以及粽叶栽培，采摘，运输……
每个细节都不可忽略

由此，一粒粽子，是金子
是生活，也是我们生命的另一个自己

远方的河

距离产生是从时间分支的流水
有一部分向东方
我随着另一部分向北去

路上，常会有几条好看的鱼
逆流而上，穿过水草
和泥沙以及风雨，如果源头已经干涸
一定在大山的某块石头

刻着我们共同居住过的村庄
而石纹干裂，像祖先
粗劣手掌，扶住大风中倾斜的人
找到另一条河出口

远方，乃至更远的地方
一些漂泊的事物
都在等待，从河水带回故乡的消息

乡村来信

保存了三十多年的来信
至今，都没敢打开

邮戳穿过信封背面将弯曲的河流
和小路，藏在怀中
包括田地，老屋，和水井
还有跟父母一起栽下的苹果树

听说它们，变得面目全非
那么多高楼和人群
让我感到陌生，古老乡村变成新城
它的忧喜，已无法分清

我的怀念是从那封信开始
有时面对也逃避着
因为走失的故乡，依然还在白纸上活着

一块礁石

这么多年没有用心去观察
一块礁石上
它表层所布满的锈迹
其实，是密集而带有恐惧性的蚌类
在每次潮落之后
那些细小生命努力挤在一起
不断将锋利的一面向上

突然就安静下来
四周和我，从不同呆滞的目光里
取出解读它们的法器

仍然一无所获，它们被浪花
吞噬，或扶到风口
把人间矮下去的部分，一次次填平

燕　巢

惊异于它们南来北往的迁徙
准确找到自己的位置

在院里筑巢，屋檐下一个又一个
雏燕飞走一窝又一窝
它们一定会有人的思想，悲欢
爱恨，和知痛觉苦

它们懂得，择良善而居
母亲每年都会照顾它们的生存环境
打扫，撒米，甚至是
撤掉院内网罩，让它们自由进出

偶尔回家，与我并不陌生
它们在八月南翔
三月北归，仿佛是在外漂泊不定的我们

下半年

这人世间，流水一样的万物
各有使命和归宿
每个结果都是不确定的

像我此刻，还坐在旧时光里紧紧抓住
一些不甘的事物
然后，对着远处的风景发呆
我必须要放下些什么
跟随干净的文字进入另一块属地

下半年，我寄予厚望的明日
不言放弃，像长河里
溯流而上的鱼儿
继续寻找，从泥沙打开一片海的辽阔

初　夏

总是比时间慢了一小截
有些花开，和叶落
还留在春末最后枝头的老榆树疙瘩上
和我似睡非睡的梦里

初夏的日头，开始火辣辣的燃烧
那些刚好落地凋零的花草
一切都是那么现实
时令节气仿佛对一些美的景致视而不见
只有我们几个
安静地站在汩汩远去的流水堤岸

守着万顷牡丹园，在游客
集聚的五月，低下头
举着大片大片的叶子，送走春天

然后，去慢慢习惯
接纳风云变幻，与生活黑白交错的事物

老水车

石块与泥沙，被碾压成更远的路
田野上的分水岭
和头顶的大山相比略显荒芜

老牛，水车，还有父亲
偶尔会停下来观望
这片祖辈遗漏下来的八十多亩良田
总是四季缺水
因此，往返庄稼的路没有尽头

他只是用力吸着，以粗劣手指
磨亮的烟斗，明灭之间
想着如何浇灌麦田，如何把每年的收成
兑换成儿女的房贷和车子

却从来没有想到自己
会走出泥土，烈日，和朴素的黄昏

独角兽

从具象轮廓，到虚设的高度
几千年没有改变过

体白，独角，头顶深红，眼睛深蓝
它的美，是孤独里的
另一种生命，就像一个梵行中人
离俗世的距离，越来越远

多像那些年顽固不化的自己
与其不同的是
我仍然活在这人间低迷的烟火里
爱憎分明，坚守，与随缘

在之后的百年或千年
它还是一头神兽，指点着世人的江山
而我早已化为泥土
生长着万物，和没有棱角的草木

麦田里的麻雀

常会进入天空一样巨大陷阱
夏日阳光那么炽热

田野空荡，它偷窥的近处
和远处，须绝对安全
才可以靠近土地，空旷中的几粒麦子

风，时不时摇动着草芥
树林里的黑暗
是暖巢，也是猎人出没的地方
枪口正对准某个位置

最不愿听到枪声后的场景
血腥和死亡，让我
每次看到麦田都在心里响起的悲鸣

与素食者说

欲望如刀剔出时光骨架，支撑着
植物末节的部分
和陌生，与孤守者的愁绪

生命互为食啖的呐喊淹没悲心
正以空泛与火焰
焚烧即将化为灰烬的善根，而所有因果
被头顶的明月收藏，并见证
它们缘起的真相

低处行走的云，依然不舍弃天空
却习惯与一块石头
互诉忠诚。从土地上生长出
瓜果，野菜，与清泉
以布道者身份，滋养一切可能成为
人类与和平的种子

植入挺拔骨节上，被风雨
清洗暗疾，重新攀升更高的人间

躲　藏

萌生的悬念会成为障碍或影子
潜伏在，不易察觉
又无法由我们掌控的体内

越来越重，须绕过那些
心怀叵测的人与事
以及柴扉门前冰水中带有棱角的石头
我的脚印，时深时浅
或动或静，踩着曲折的山路

谁又会在意我去的远方
这一片还留有余温的半亩良田
正躲在心内分拣
善恶，与多年的恩怨情仇
一遍又一遍
在故乡泥土里生长着
另一个自己

风中老屋

坐落在不知名的山脚下
略显荒芜
庄稼与青草并肩日月，持续疯长

牛羊，瘦小的河流
和这里每一缕炊烟清晰可见
站在村子前，整个世界
瞬间安静，一种比时光更深的寂寞袭来
风，有些凉，此时慢慢停歇

这时候，我才看清老屋
微微颤动了几下
或许，它根本不相信这么多年后
那个走失的人会重归故里

还会像奶奶在世一样
轻轻抚摸，它在风中即将坍塌的事实

石 磨

纵深交错的牙齿咬住所有粮食
或许，要粉身碎骨
才可以重生，才可以完成自己的使命
从黑到白，只有母亲
每天围着它转动，直到天晕地旋
在夜深人静发出刺耳的雷声
这么多年习惯之后
不会影响梦境，不同的是：它养活我成长
我看着它渐渐老去。活着
形成不同的对峙
须用一生，磨平彼此内心的棱角

时间是一匹快马

试图留下一些什么，用力拉紧

奔跑的缰绳，它和我

从哪里来，又将到哪里去呢

甚至，来不及思考，寻找各自初识的模样

只顺应它牵引、追赶着

在离开故乡后，不停地跋山涉水

有时走累了，就坐在河岸

跟石头聊聊天，与鱼儿

说说心里话。而今，不惑之年

学会慢慢放下缠缚的事物

骑上时间的快马

看人间风景，在我身后重合或隐退

水　影

人文造景，公园的池塘更加干净
几道弯曲的木桥
从芦苇深层，向着远处延伸

远离人群，只与它们
接近，栏杆上垂下的倒影，从未有这样认真
去重新审视自己
和周围一些草芥的影子并无区别

一直以为，比低处的生命
更高，或者是
比它们更有生存权利的我，在这一刻

脸上布满纹理，和水面
形成曲线，沧桑
突然觉得陌生而又想逃避的现实

在一棵树下驻足

停下来，站在离它两尺的位置
彼此陌生，保持安静
谁也不开口说话，它的叶子有时会落下来

虽然很轻，却总能击中我
在树下产生的幻觉
粗劣的皮层，多少年历练和沧桑
立在此地，从生到死

我无法想象它们，如何度过
那些黑夜，任风雨
吹着每年光秃秃的秋天丝毫不动声色

面对我和飞鸟，有情
却似无情，来去不曾留下痕迹

阳光小院

院子的花草在逆向季节里生长
日子安稳，以至于
从现实剥离出的时间，记不清在耳边的
警示，并以皱纹的深度

迫使他从虚境中突然大悟
阳光，照在心里
仍然是三十年前的炽热和光亮

那么简陋的小院，在村庄
边缘，喧闹且又纷乱，相距无间的院墙内外
始终是，两个世界
没有星星的夜晚，他枕着几粒鸟鸣

试图用另一种声音，去唤醒
死亡的春天，用比天空
更大的纸绢勾勒，人间不会凋零的草木

一只大鸟

天空太深，一不小心就会撞到网
撞到春天虚设的南墙上

再起飞，再撞几次
如此反复尝试，从新伤到旧伤
变成茧，变成
一只不知天高地厚的大鸟

它早就不害怕失败，不害怕人为的枷锁
以及笑容里暗藏的杀机
皱纹越来越深，翅膀越来越硬了

只是，更高处的地方
是孤独，不胜寒，远离了人间的悲喜
终于明白，多年的飞翔
谁也没有飞出自己的心界之外

秋之卷

——这秋天的窗口

翻阅的日子，也在翻阅着我寂静的时光

秋天的窗口

只看到视线之内的事物，窗子打开
心，也被打开

深藏的故事，跳跃着向上
见到光，从另一端
它们，也会像我曾置身某个时节的情绪变化

有些事，终究要在光中还原
这样的空气清新
大片的树林，我的目光
呆滞，穿过细小缝隙看到更远的风景

而其实，那些影子
是模糊的，它不过是我内心呈现
幻相，随着思考
继续变成我所思所想的部分

——这秋天的窗口
翻阅的日子，也在翻阅着我寂静的时光

水中芦苇

举着自己的芦花，在风中晃动
这是秋天最后的时刻

它们知道，自己时日不多
每一次挥手告别
都显得沉重，夕阳再次返照，拉长它的身影
——同时发现
生长在水塘边的那部分

正被一些人收割，脱离根系
时间变得凝重起来
它们情绪复杂，不知是庆幸还是怜悯

秋风似乎与之感同身受
躲在阳光背面
悄悄卷走它们头顶落满的灰尘

靠近彼岸

能看到的光，向西，也是归宿
距离，越来越近

有时我故作镇定，从大片芦苇中驶出的木船
容不下太多，执念坚固
对于认清的事实，仍会坚持己见

秋天，冷风从天上吹来
我裹紧衣衫
那些顺逆的流水，和撞到南墙之后
——才明悟和转身
终于理解，在荼靡中的自信

只不过是，我们从此岸
打开另一条，布满荆棘且不愿承认的真相

阳光照进来

迎着它，更需要阳光照进体内
直射，或者反射
玻璃上的灰尘多久没擦拭

让我看不见世外，此时什么节气，时间与地点
落花几何。我坐在窗口
眼前能看到的，都要重新认识它们
像阳光重新认识我

却仍不敢直视，犹如人心
只守着一两朵云
足够，那些虚设的花季
转眼就凋零，这些年早就习惯了无常事件

不止如此，包括自己
正随顺阳光，握在另一个人手里

风吹过

摇曳生姿，窗外多像一个舞台
枝条与落叶，花瓣
各有所归，仿佛在告别，撕心裂肺中的呼应

风，时强时弱。它们
也不愿看到这种场景而努力倒退着
——绕过天空
尽可能减弱自己吹送的力量

一切都在正常发生
空气明显变凉
叶子，花瓣，夹杂尘土到处飞扬

忽然心被戳疼，离开故乡
好多年，它们的挣扎
像是我的影子，在枝头上的茫然和折射

推窗而入

我对冷色的季节过于敏感，窗户
是被风推开的
一些带有清香的落花
鱼贯而入，突然在此时的生活场景惊魂未定

近处和远处，我看不出冷暖
只能用心体会它
带来的感受，惊叹之余
我并没有太多欢喜，反而是一种失落

因习惯于这样的景致
常会触景生情吧
世间循环往复，无非是生死规律

许是我过于多情，经历以后
仍然对所有的万物
感同身受，大多时候，内心比秋风更软

月 夜

面对新升的圆月，比我想象得陌生
更多的时候，会忽略它

而中年后的月亮，成了我生活现实中的奢望
偶尔也会坐在深夜
思考，怀念家乡的小山村和亲人

突然就安静下来，然后顺着
月光，柔和的视线
浮现出画面：母亲捧着一瓢麦粒子
为我和姐姐换回几个月饼
真香啊！而那时
母亲不舍得吃，只坐在旁边微笑地看着

仿佛头顶的一轮明月高悬
——时刻照着我们
这么多年在异乡，比夜更深的沉默

人间草木

秋风，吹过荒凉的高岗，和那些
低头不语的草木
它们安静得像我一样
在中年以后，进入的深度思考

越来越深，仍挖不出金子
以至于走在闹市
灵魂常游离世间之外，并非是玄幻
它在某个场景顿悟，或者是
突然被一种声音卡住

然后在寂静中回到现实，而这么多年
所有基于生活的
包括细小砂砾充满的烟火味
让我心生敬畏，有时候
看到的真相，远不如混沌时简单

树　桩

它没有活下去的原因，至今未明
比地面高出半尺
横切面上，形成散光的年轮

不会有人注意它
仿佛存在，就显得多余，几个圆形洞口粗劣
有蚂蚁和蜘蛛
不停地进出，它甚至低过荒草

风，已经对它不起作用
只剩下虚设的躯壳
再也不怕雷电，和伐木人手中的斧头

我站在它面前很久，四周
——多么寂静啊
关于生死，谁都不想去戳破真相

独　白

除了自言自语，萧瑟的季节
异常冷漠，一些话
并不适合此时对满天的星星抒情，但我仍会
停下来，观望
从遥远银河漫过来的潮水

习惯于自行消解的人，随处可见
不止是我们，周末
公园里略显荒芜和寂静

这么大空地的石阶上
我看见有一个中年模样的男子，低着头
对着一棵树发呆
并且，说一些语无伦次的话

没有人听懂发泄的内容
但我知道夜晚
他的孤独如我的言语一样无所适从

林荫小道

幽深树下，适合一个人的反思
梳理琐碎的事物
安静的时候，我会触摸它们粗劣的纹理

每一道，像风雨后的沧桑
阳光经常光顾
只是深秋，枝条向上呼唤流逝的光阴
从天空继续被风吹远

弯曲的部分，光斑落下来
落在头顶，身上
以及他斜挎肩膀十年前的旧书包

——这是他记忆所有家当
在纸上留守的空白
望不到尽头，在视线里有时清晰也模糊

明亮的早晨

目之所及，都是突然变亮
风景，水洗般干净

山坡上，七岁放羊的牧童扬起长鞭
抽打着躲在石头后面
那些发黑，沉重
挡在夜里看不见的几道影子

阳光就要出来了
在这之前，把视线再次擦亮一点
刚从梦里走出的人
还有些不适用眼前的烟火

父亲和母亲，赶在天亮之前
打扫院子，做好早饭
把欲言又止的话，挂在嘴边又咽了回去

石头花

与一座旧庙共处千年，相互对视中
不言不语。诵经的人来了又去
时光在静默中老去，连同门前那棵老榆树
开过白花，年年只堆满青石

裂痕逐渐放大，一定会有种子生长
那时我们坐在季节上聊天
说开心的事，也听伤心的曲子
弦音会折断枝头，果子会重重地落在地上
像轮回的擂鼓让人惊醒

常常会在落叶的雨中洗去尘埃
换上干净的绿装
同一块石头相依为命，看花开，也看叶落

落叶是大地的棉被

落叶先于一场雪到来，重叠着
受伤的土地

如果风不够寒凉，它们
会长时间保持柔软
踩上去，不会发出"咯吱"的声音，如同秋天
那些脆弱的骨头

被我们忽视，又多次被捡起
我的思想过于拥挤
每天必须把一些无关紧要的事物清空

但唯独这个秋天
是的，每片叶子都似乎与我有关
凹凸的路面
竟然让我变得谨慎起来

每一步，对它们卷曲的部分
发出的音节，仿佛
从我内心发出又恐惧它突然断裂和惊醒

秋天的灯笼

离开深秋叶片遮掩的红果
面带羞涩，恐惧

相互拥挤着，这时最怕有冷风吹过
红色晶体，每次跌落
都会惊动几块即将死去的枝条

已说不清原因，顾影自怜
又装作若无其事
剩下的部分，坚强活着，它们悬挂的姿势
并未引起游客的关注

其实，不会有人去采摘它们
随处带有毒性的果
落下来，像灯笼，被目光再次擦亮

锈 锁

时间加重了它的厚度，已没有人
来过，房门紧闭
被封存的故事也随之安静

却仍挡不住，一丝风
从锈迹的锁孔里掏出它隐藏多年的心事
聆听着，它的回音
主人离去多年，透过门的缝隙

能看到灰尘，依附在几本
没有合拢的书上
书里鱼虫花鸟和断章，还保持那年的姿势

——多像那把锈锁的姿势
挂在门扉，也挂在一个人的心上

烟火是一种语言

它落在我们继续忽略的枝节之上
无声，习惯了寂静

山村里的鸟鸣，偶尔出来
这对于低头走路的人
丝毫不慌，眼前，风里夹杂的思绪如丝
把昨天或今天的事
缠得越来越紧，像攥住的细沙

有时，它会发出尖叫
吸引着从低处
上升，又必须穿过房顶厚重的云

多么仓促，时间或重或轻
还有谁能记起它
那些沙哑，如耳边吹过的风一样
从城市的边缘溜走

炊烟，超过西坡麦穗的高度
它们的声音，却矮过了村东头生锈的石头

奇　迹

仍会静心思考它，突然出现的理由
不断顺着果，反观前因

是我中年后，对于任何事物
都理性对峙的方式
并且相信，凡事，自然有它发生的规律和我们
基本的认知。此时秋天
花果，正顺从时间，生长和成熟

每根茎脉，从断裂处
各自归向泥土，卷起心事或吐露音节
每一声，像清风
吹去满身灰尘，最后蜕变成

——生活的奇迹。它相继出现
如接受上天的眷顾
也符合一些人，曾在春天开垦过的荒地

天将晚

站在生活的高处，尽可能看到
周围，低处的真相
天色迟暮，夕阳只露出半张脸，不情愿落下去

就像我远离故乡三十多年
对于曾经忽略
又看不清的事物指认，从初始轮廓
到内在的光一点点反刍

——它们多么可贵
如细小的砂砾，离殇的落叶，倒伏的芦苇
被父亲按部就班理顺成
发光的词性
它们明亮而坚硬，横亘时间之上

晒谷子

它们在深秋低下头，颗粒饱满
从村北，运抵到村南

接受季节，或炽热阳光的检验，凡事如此
都在循环与重复
但我们，并不厌倦和枯燥

天空辽阔，谷场上有条不紊忙碌着
孩子们围拢过来
成片谷子被时间抽干水分
变色，反射在所有人
脸上的光，照亮了现实的暗角

扛着。背着。举足轻重
那些铺设在故乡
一圈又一圈，如波浪式的光阴，只是瞬间

穿越到四十年前，我看见
母亲，像谷穗一样
习惯性弯下腰身，面对生活的场景

谷 场

它们裸露出内心，接受阳光从体内
拔除一些多余的想法

从未有过的安静啊，灰尘
被风一遍又一遍
吹走，它们身心清爽，越来越干净

本来就与泥土，不曾分离
而谷场上的氛围很浓
老人，妇女和孩子用簸箕，正筛选出那些
多余的谷皮和杂草

这朴实的民风，感召着周围
无数有灵性的谷子
归仓，像我回家路上沉甸甸的印辙

对 影

倒映在路上的轮廓，继续向前
移动的姿势，给周末
更多想象，风，很清凉，吹得视线忽高忽低

枝头上的叶子低下头
我迎着它们，相互对视，竟如此谨慎
如脚下的影子
每一步，都变得小心翼翼

不同的是：有些叶子，会落下来
草丛、池塘、凉亭……
面对陌生，它们只能选择顺从

这正是我担忧的事
所有相遇，仿佛都是活在我心里的自己

月圆之夜

升起或落下，我还不确定
视线里的风景

常把它们，定格某个瞬间，以及陌生境遇
产生出幻觉，思考
如一棵树背面，爆裂的枝条
是在它们悟道前
最后的磨难，我相信是向上而升

并且，把秋天的影子
继续缩短，包括它顺着内在延伸的经络
找到对峙的层面
我无法猜测，它们活在月光下

与死去的躯体，有何不同
——只是让我们
更迟一点，在黑夜里完成蜕变的过程

秋 思

大风吹着我和秋天的落叶，归根
也是早晚的事
泥土温热，不会担心它
如黑夜中星星，不经意间掉下来，粉身碎骨

城市广场上，有些人
手持刀剑，还在太极中舞动着
一些残破的叶子
随之起身，从水泥板块继续向远处漂泊
落到哪里都是归宿

也许是命，也许是偶然
只不过，我站在异乡熙攘的人群
整整十五个年头

甚至，我对周围的陌生感
未有增减，不知道
是世界容纳我，还是我容纳这个世界

桂花香

来自哪个方向，独特的清香让我
暂时停住了脚步

其实，我就站在桂花树下
一直以来，对于发生在身边美好的事物
总是视而不见
安静下来的片刻，整个身心
只属于它，并且观察
它每一片叶子，以及花瓣的形态

也许，只能在八月
才和那些忙碌的影子形成反差
——与它对望
让塞满执念的生活，空出属于自己的位置

归隐者

过程不可忽略，历劫以后
对于名利、权贵
才知道迷失路上的泥泞即将吞噬自己

却始终无法放下
那些被俗事牵绊而破坏的善念
正努力修补
并且离自己内心越来越近

故乡的一亩三分地
留有方寸，只是三十年荒芜的杂草
需要像月光一样的镰刀

收割自己，和黑暗中
废弃时光里归隐者最后的告白

半轮明月

黑白之间的转换，已经说不清
此时影子里，它们
所处于缝隙两端失去的方向

其实，我就站在原地
很久了，观察周围一些事物的明暗与交错
无常变幻，仍然会
存在着转机，和它生活的合理性

而走向黎明迎接新生的人
黑暗，无以名状
常常是刻意爱着或者恨着什么

像弯月挂在夜的边缘
半生缺憾，等待着一个人去修复完整

归　途

时间站在冬末眺望来时的路
还是看不到尽头

终于回到那间仅有几十平米的小院
和热炕头，陪父母说说话
只是，我必须要
掩饰住奔波的辛劳和羞涩行囊

并告诉老人我赚了很多钱
什么都好，母亲笑着
依旧在忙碌，包我最爱吃的素馅饺子
父亲也在忙着买菜
打扫院子，就像迎接新的客人

离家三十多年，亦复如是
而我与父母间的默契
仿佛一轮明月高悬，照亮着回家的归途

落叶的宿命

早上八点的深秋很凉
我们顺着曾经
无数次上下班开车往返的路上，徒步
左拐，右转，再右拐

一路上，风，不停地吹着
我们，落叶，和街道
而泛黄的叶脉瘦得只剩几根筋骨

叶子，被旋风拆解又组合
它们丝毫没有情绪
只是，它们卷曲的脆弱身子让我们
不忍心去踏过
那些曾响在自己身上的声音

仿佛每一声，都在我心里
破碎，牵动那些年，落叶一样的宿命

路上中秋

所有的花还没落尽，低头不语
当车子经过干巴巴的田野
月光抱紧它们
也抱紧在黑夜疾驰而过的人

那么多树，好看的山水
不停地向后倒退，让我们来不及看清
它们和另一些事物的真相

高楼有酒，有歌舞，有满街的花灯
而车子继续往北
不管快慢，也不管距离远近
这中秋大圆脸的月亮
在内心，像故乡一样温暖地照着

孟姜女庙

庙门大开，内外像是两个世界
秦时明月正圆
还照着残垣断壁的城墙

一位女子的眼泪，可以结冰，绝望中
她的呐喊，在人工彩画
与塑像，透露出玄机，一些故事
在走近的人群里陷入沉思

莲花池，宅院，继续安静着
偶有秋风吹过
几枚落叶盖住模糊的部分
让更多细节从人间
另一条路上前行并找到历史的出口

也是世人走出迷茫的印证
像此时的我们
站在现实与精神上的忠贞与坚守

路过四平

许是前世有缘，被时间黑夜
逼出四平高速路口
终于安静下来的旅途
在一路霓虹灯下照着疲惫困顿的身心

我们必须小心翼翼
每一步，都怕误入交通陷阱

左转右拐，才找到一家平民旅店
与当地特色的小吃
这些乡土气息之地起码可以
让漂泊暂时停歇

而黎明前的光很快在梦里亮起来
转身时，仍然意犹未尽
路过四平，让异地突然有了家的温度

乌苏里江

不管水是从哪里流过来
凡是经过此地
都属于大北方乌苏里江的过客

我们几个也是，从江岸
顺着一条林荫小道继续向北，靠近东北虎
再到游船，对面有大片芦苇
苍鹭，再远一点，是俄罗斯的观望亭

突然有些吃惊，这一生
算是自己抵达北方
最远的风景，这两岸对应的国度
我在江水中丈量
一只脚到另一只脚的距离

仿佛所有的事物，都一分为二
像这辽阔的水域中
清浊由心，始终看不清被隐喻的部分

两棵银杏树

在某座半山腰，生长八百余年
庙宇，是后来的事
这里的香火很旺，在岁末
显得格外空寂
我们几个迎着寒风仰视它们很长时间
干巴巴的枝条向上
也向四周伸展，对于低处的
落叶，白果，和我们
都不动声色，或许生死的轮回
听惯了赞美与哀叹
与自己有关或无关的事
保持距离，梵道中，彼此相忘江湖

夜，是一个巨大的黑洞

它大到无法想象的黑
抬头找星星
其实，星星也在找我和夜空里
陨落的几颗石子

被一些土层，埋在比脚下更低的地方
风，用力吹开白天
残留下来的灰尘，多么昏暗
这人间，巨大的洞口
像一头困兽，我夹在牙齿的中部

始终看不到，也无法触摸
时间背面的刀剑
它们在相互撞击中擦亮黑夜的眼睛

视线之内

收紧目光，位置刚好是手指
可以碰触的范围
对于一些近距离的物体
冷暖，大小，纹理
起码能清晰知道它们被视线放大的局部

再远的风景，是我不可企及
也不敢奢望的画面
看得久了，在想象中会变得玄幻
神秘，而又越来越复杂

我开始触摸那些微小的事物
比如石头，树枝，叶脉
以及它们特有的
像我一样，对低处泥土的依赖和思考

磁　场

它借着某种因缘在万物中穿行
所过之处，相同因子
会被无形的力量，吸引，靠拢、拥抱
轮回中已走失多年
从母体分支，再到天地间变幻
有些细小粒子
记不清活在那些碎石夹层
要经历多少劫数才能找到它们最初的本源
流水，去了远方
黑暗都交付给了今晚的星星
而我们，只能把自己
交给付宿命里，并肩日月的那个人

浮　世

迈着细碎的脚步，颇有阵容
也不分大小
随时代浪潮推上一场风口
多少鸟鸣，落在乌黑的场地上沉默，哑然
连羽毛都失去本色

还能说出什么，另一些笔墨
继续游走，飞白之处
透露出不为人知，又带有巨大漏洞

我们站在某个秋天，提着
即将圆满的月光
在举起的两只酒杯里大笑三声

这酒啊，不过是雨水罢了
让梦里的人醒来时，坐在了浮世之上

一件新衣

必须千挑万选才能与它相遇
它有深沉的纹理
素布，适合体型，气质

而这些年有些发福
身体时胖时瘦，由此让我变得谨小慎微
只选择包容我的坏脾气
并随季节，时间，场合，或增或减

每一件新衣服，我都有戒心
像新交的朋友一样
要去慢慢了解它的秉性
厚度，乃至它与我相融的气场

才会让它，靠近自己的皮肤
血液，骨头和心脏
如贴身卫士，抵御外界的刀剑与风霜

九月阳光

阳光是没有分别的，它依旧
按照约定的时间赶来
在九月，数着生活重叠的故事，如何刻在
这个深秋，和一个人内心

万物多么安静，我选择一块
干净的石头坐下来
打量着，从眼前过往的行人和车流
幽暗与光亮
在互换中看不清正反两端

这只是一块的属地，没人在意
几枚落叶的重量
它的安静，正适合我们
思考，也适合看清，另一些事物的真相

落　叶

早上八点的深秋很凉
我们顺着曾经
无数次上下班开车往返的路上，徒步
左拐，右转，再右拐

一路上，风，不停地吹着
落叶，和宽阔的街道
而泛黄叶脉上瘦得只剩几根筋骨

叶子，被旋风拆解又组合
它们丝毫没有情绪
只是它们身体卷曲的脆弱，让我们
不忍心去踏过
那些如同响在自己身上的声音

仿佛每一声，都在我心里
破碎，牵动那些年，落叶一样的宿命

时光书

不小心就走到中年，昨天与今天
是一道分支线
被攥疼的时光开始放手

儿女长大了，父母也就老了
我是一根坚硬的肋骨
支撑着家族的宿命，和生活的重量

四十多年奔波，云在天上
也在人间的低处
我能守住的，仍然是黑夜的星星
以初心点燃诗性的火把

在纸上，刻下另一个名字
赶着落日，看两条影子，谈笑或沉默

时间伏笔

昼出夜伏，随之而来的冷暖
形成的痼疾
锈迹，仍有蚀骨之痛

思想里，隐藏着比巨大的天地
还要荒芜的力量
而眼下，这人间大片废墟的水域和沙石
它们呆立，嘶哑无声

时间，深不可测，它每次鸣叫
都破不开坚硬的冰
只能将爱过的水草和堤岸

慢慢褪色，以及那些
陷入沼泽低处，且不可还原的伏笔

影 子

这水域中的死寂，人间烟火
早已远去，低处泥土
守着深秋的镜子，天空像个冷漠的洞口

云，立在倒影里无处栖身
三只大鸟，木桩一样
在没有猎枪的地方等待什么，它们
只是季节的附属品

鸟鸣嘶哑。声音日渐微弱
昔日光鲜的羽毛
再也惊不动池塘和鱼群
所有生命，都在同一条线上渡劫

它们终究抵不过现实
仿若梦里人，走不出的年轮与困惑

喧嚣或失语

旷野留下的回音失去了方向
有时会撞到内心的墙
融不进秋天，只在它们之间的缝隙里
日渐消瘦

有些话，无须说出口
就已经成为定局，水中三只白鹭
依然高立，翅膀
每一次扇动，就让季节的冷加重一次

如何走出沼泽，走出那么多年
依赖的池塘
而此时，正天空有鸟飞过
仿佛是它们的影子
在广阔的虚地，找到了栖身之所

所思所见

那些浮草已从深秋沉下去
上升的部分
如一个人思维里留下对世间更多且无法
理顺，与诠释的现实

百花凋落，这天地之间
变成了眼中的陌境
它们，独守在这荒芜的几只野鹤
等待黑夜突显
从某个黎明见到活着的奇迹

你所思，也是你所见

那些坚固与执守所承载的归途
仍然遥遥无期
落雪时，羽毛更干净了
它们之间存在的白
是从生到死，一起走出绝境的资本

枫　叶

落在十月，从此岸到彼岸
向南，也向北
风，有时也会在深秋乱叶纷飞中
失去方向，和分寸

你只取一枚红色枫叶夹在
没有署名的信笺
涂抹的白纸，在笔墨的冷暖间去悟透
玄机，和事物的两端

再也找不到几粒熟悉的母语
可以说清你的来处
就像弯曲的线条，筋骨上
留下的图腾，让一块
石头，读不懂另一块石头的本意

风从远处来

它需要穿过的地方很多
比如枝头上
刚长出的绿叶，花骨朵和易折的小树杈

包括四处飞走觅食的虫子
和树底潜伏的灰尘
以及举着玉米秸当枪的几个顽童

因此，风放慢了脚步
绕过那些容易被生活忽视的细节部分
它似乎忘记自己
也忘记六月某天中午的约定

近处，他一会坐着，一会起身
一会又用力摇着他那把
用了八年的旧蒲扇
风从远处来，风，好像哪里也没去

仰望一座楼

抬头看天，也会看高楼和飞鸟
更多时候是低着头

其实，它们一直存在生活中
有形与无形之间
我的视线，必须要调整到最佳位置
才能看清它真实的面目

终于发现，我只是尘土里
最微小的众生
守着自己低处的安静

就像此刻，置身纷乱的人群
和林立的城市大厦
让我对所有万物都有戒备和敬畏之心

石天鹅

它展翅，站在水岸上很多年
始终没下水
其实，池塘里早就干了

我每次经过这里
都会看它几眼，直到它的身体变成灰色
被时间再次加重原有的沉默
后来，我试着靠近它
用手触摸它的额头和断掉的羽毛

那些粗劣又不堪一击的事物
会随着愿力生长
慢慢成为它复活的奇迹
而我还是在它即将轰然倒下去的时候

选择离开，保留它
原始的，或内心继续飞翔的可能

野 簃

深秋荒草里淹没的长亭无人在意
灵魂在这一刻
和我，躺在红漆的长椅上
什么也不想，远处的高楼大厦，树木与流云
都在热浪里晃动

闭上眼睛，我听到了一棵草
不，应该是好多棵草
它们从方格缝隙间探进来
窃窃私语。它们
大概的意思是：这位是诗人，不用怕他

我应该是有颗草木之心
不然，我怎么会
突然听到万物中细小的回音呢

这么想的时候，野外
古式的小屋，世界都为之安静了下来

鲸　落

从巨大波涛里回落，沉重的躯体
它再也无法靠近海岸

去看水面上的灯火渔船，以及无数的小鱼虾
奔跑，或逃离中
曾在它摇头摆尾之间卷入
体内，豢养它在海洋独断专横的霸权

如今，它必须安静下来
向着更深处，下沉
多么具有诗意和因果的戏剧性

被无数生物围拢，噬咬
它不再说话，把救赎的身体还给了众生
剩下一副骨架
成为海洋深层最后的孤岛

没有人记起它，只有
涛声未停，仿佛替它说着最后的心愿

二十一克

从未见过，或想到你的重量，在世间
我茫然奔跑中
四十多年，始终无法想象

在我肝脏里沉睡，任风雨雷电或鼓乐都喊不醒
——被我无数的执念
蒙蔽双眼且日夜遁入维次时空

偶尔，你也会醒来
只是瞬间，坐在一首诗里休憩片刻
直到我们相识
我试图用各种方式将你复活

更多的时候，旧时光里
你一如既往地安静，沉默，让我误认为
与我本来就是，两个
独立的，在深度轮回中的灵体

我不想等到百年后
才告诉我真相，这二十一克，已开始重视
存活于体内，半生的你
终于明白：醉迷不醒的人，原来是我

路过古镇

青色的建筑物从视线里返古
商铺内外站着
穿长袍，佩戴刀剑的人

我们几个继续行走，与这里的街巷形成
特性和古今对应的风景
路旁的铜像
被游人抚摸得发出金质的光

穿梭其中，对这里城楼中的戏剧
产生怀古之想
仿佛我们是穿越空间的异类

夕阳落山，与古镇以及古镇里
所有的景物，仍旧是
混淆不清，只有星光划过
才指引我们走出这种假象最后的豁口

冬之卷

期待一缕暖阳，在岁末
照亮万物和我们
随着一座诗意城市的土地醒来

茶　城

暮色将近，车子进入站点
从人流分支处
有一条路是通向茶城的

像池塘般安静，劳顿泡在一杯水中
坐下来品茶，也品对面的人
水很甜，暖色空气，从陌生词韵拉近距离

这偌大的茶城，灯光下
白纸黑字是主角，我们都是舞台上
赤脚的演员，十八般武艺
从刀口切割数字的人

她们喋喋不休。我想出去转转
从深冬，取出肋骨
温一壶热酒壮胆，写李白那样的诗

分水岭

沙漠的风，堆起月光下的至高点
在它停下来的地方
只是坐着，一匹马并不安静

也许是兴奋，也许是
因荒芜，而从未有过的恐惧或惊艳，伸手可触
这庞然大物中的奇异花草

甚至，还可以听到
山水间鸟兽鸣音，与他现实的生活
犹如梦幻般，仿佛眼前
事物变空，变白
仿佛他，没有活在烟火的人间

马的嘶鸣，喊停了时光
也喊停了他，从思想分水岭游走的曲线

鹿　踪

迷失在白桦林是幸运的，甚至是
它们不愿走出
这安静黑夜里幽深的属境

一定有月光照临，透过密集的枝条向它接近
才看清：树的颜色，花的形态
——有几只飞鸟
会落下来，像落在它头顶的月亮

多么重要的细节，是人间
之外的馈赠，竟然有着相同迷路的影子
在黑白分明中对视

试着靠拢，竖起耳朵，听万物
唯有它，能听懂的
关于呼唤，相遇，以及无边的黑暗
带来的恐惧和欣喜……

让满天不知名的星座
从大片的，无数丛林中指认出它们的身世

旧色光景

如几棵水草挣扎着摆脱泥沙
浮上来，有时候
又会沉下去，那些现实无法穿越的障碍

还会在梦里，继续穿越
并非它们不想去感怀过去的陈芝麻
烂谷子，堆叠的光景
已压在内心多年，成为负重

成为，猛烈的飓风，潮水和浮尘
再次沉入三十年之前
看不清未来，或者，在某个有星星的黑夜
遮挡住，人间最后的灯火

放下和提起，同样重要
它们被生活忽略，也被我们重新刷亮

演　员

带着面具在时间里穿行
如黑夜被捆绑，将真心藏在灯光的背后

语言，举止，都需要
不断提炼。而我们看到的并非真相
每个人都提着心
互换身份，这么大的舞台
有时觉得自己，就像生活的小丑
——为了活着

只是活着的人，多年以后
那些角色都会变成
一种习惯，在某种场景脱口而出的谎言
渐渐淡出灵魂，他们已无法
确认真伪，一颗心
为另一颗心奔走，找不到任何理由

大风吹着黄昏下的影子

接近日落，北风仍没有停下来
走在黄昏下的人
摇晃着，或许太累，也或许觉得生活仍有余光

往前走，就是熟悉的街道
旁边是凸起的山坡
爬满了去年枯萎的花藤，它们比落日
更加安静一些

我路过的时候，会想起它
是三十年前离开故乡
母亲站在那片花藤开满的季节里

一直等到，大雪落满了村庄
落满了她的头顶
在三十年后，不停地吹痛着我模糊的视线

试金石

淳厚个性如一块行走江湖的石头
承担着，重中之重

那些明暗交错中露出的牙齿
——无法说清
他在生活中扮演的角色
夜，太深，犹如一些人布设或藏匿的事物
在不经意间，就会
撞上南墙，且找不到任何理由

他只能是，把断裂的部分
通过一滴泪水修复
洗掉集聚在自己体内尘土内的疤痕

这些弯曲的，粗劣的山路
原来是上天为你
投下的试金石，为即将出世的金子鉴定真伪

磨刀石

从繁杂的人群中走过，面对异样目光
他很平静，光头
除了和尚就是土匪。他们说

——久而久之
对一些人的议论，显得习以为常
他走着，做着隐忍的事
如从某个夜晚
向着，有阳光的地方靠近
内心坚守，他知道，自己正走出无边的黑暗

这固守的执念，必须
去打开缺口，他看到更多的人
走出来。哦，是的
原来所有路障与路障中，都是先于我
觉醒的人，一路虚设
苦难，像磨刀石从粗粝的山林

走出来，然后
在必经路口，继续把我们磨出光亮

破 壁

深藏黑暗的天性，被执念捆绑
日月星辰，穿不透
城墙里长出千刃，切割着骨感的生活

它们，正轮转天地之间
和头顶上，随时落下的一场大雪
而走在风中的人
继续逆行，不过是从灰色跨过了更深的夜晚
那些抛在身后的事物
依然会在坚固中加深它的厚度

虚空粉碎以后，如我所见
再现出另一种光景：善恶，荣辱……
爱恨，如坍塌的石壁

终将会随着巨大的声音
破开我们内心，曾为自己设下的迷障

旧衣服

带着体温的旧衣服，我始终把它们
当作好友，或是老知己

无数次，在水中浸泡
除却疲倦与汗渍，颜色慢慢变淡
甚至是，破洞
形成我透彻它内心的窗口

依然那么干净，时间的断层里
——它们的影子
是沉默的，如同那年我一个人行走在异乡
看着路上的车水马龙
视线模糊，而又找不到归处

再次清洗，折叠、打包
送它们远去，就像送走的一个个亲人

吹　拂

头顶覆盖了四十多年的灰尘
至今，仍未散去

这高山之巅，流水里凸显的石崖，只有我
坐在那里不愿离去
尘世，在视线里反复涌现

冷风，从生活的缝隙，吹过来
——吹过来的时候
思想里生锈的铁，很重，需要坚持吹拂
从小到大，从春到秋

其实，那些吹不走的事物
也是我与之悖逆
被执念裹挟，始终没有放下的部分

乡村郎中

深夜的脚步很轻，乡村进入梦乡
父亲背着我
穿过哗哗流淌的河水

低矮的小药房，只有一盏灯还亮着
推开门，也推开了
我另一扇生命的窗口，测温
拿药，打针……
我从襁褓中醒来的疼痛喊破了那个夜晚

从40度高烧，我慢慢恢复正常
黎明前的夜多么安静
天将大亮，我看到他又背起了药箱

一场大雪在路上
在他身后，迟迟不肯落下来

茶余饭后

围绕广场的一棵老榆树听风
也看雨，粗劣的身子
与光滑水泥板块，形成对峙，我观察它很久了
被人为地刷满
半截白漆，就像穿着雪白的裙子

这夏日的酷暑，老人和孩子
以及，遛狗的女人
与这棵树，形成动与静的两种画面

声音嘈杂，谈论家庭生活
工作，新闻报道，也谈论忽冷忽热的天空
如果是人多的地方
还能听到，被风吹乱的方言

我喜欢自己游走的夜晚
只是，更多时候是喜欢它的安静
喜欢半明半暗之间
与一些人，熟悉或陌生的
保持某种神秘，看不清彼此隐藏的部分

星辰之光

活在唐古拉山背面的人不再说话
与清风，石头为友

有星星的晚上，只是对望成
遥河，远离人世烟火
如一座孤岛上沉默的白塔，和塔顶打坐的青苔

故事，都在路上的风景里远去
以泪水清洗过
曾攀岩而上的弯曲小道，或荆棘丛生中
一些伤疤，化成安静的词

被星辰照耀，被我们
不断擦亮，又不断镶嵌在黑暗之上

相同的砂砾

穿过恒河里那些无法想象的黑暗
才有机会相遇
它们在无数变幻中失去旧貌

——被海水冲洗
棱角部分，接受时间打磨，剩下赤裸的骨架
支撑着两颗相同的影子
行走人间，在陌生的领域，为自己
也为更多的砂砾
打开通向内心世界的出口

而它们，原本就是同一块巨石
在雷电中的分歧
多劫后相见，仍不说话
默然行走的路上，总感觉与你似曾相识

冰　花

在虚设中进入的睡眠，它们是
水面漂浮之物
穿过了堤岸上发光的眼睛

赞美与诋毁，包括思想
在零下四十度的水中一起结冰，终于
视而不见。它的姿势
自然，安静，像一尾禅定中的鱼

风，把所有信息告诉了远方
而时间，正停在
与它们相距百尺的船头

这世间的美景，只不过是一场
又一场的烟云罢了
让看透世相的人，对冷暖保持着沉默

寂静的村庄

大山脚下，除了几缕炊烟升起
牛羊，河流，松林
反衬在初冬夕阳下如世外神秘的图腾
我站在一座破旧房前
臆测，这里主人生前的故事
从一扇门窗开始

眺望，荒山野岭，每一寸土地上
镌刻出无数的脚印
尽管无法丈量它的深度，而大片的庄稼
在沉默中传递着什么

它的静，是整个世界的静
像内心深处的声音
须籍着某个人，或某处风景方可神会

像雪一样下着

每一片来自天空的雪都有归处
呈现出的六菱角
接近人间以后，开始蜷缩

它们一定没有想到，最终结果里的风声和烟火
比自己预测得还要猛烈
甚至，不能接受生活赋予的热度
一寸一寸抱紧肉身

越来越小，灵魂被阳光攥在
手中，化成了雨水
在它们尚未遇到三月桃花的蛊惑之前

顺着枝头流下来，每一滴
如眼泪，掷地有声
从时间背面催生出草芥复活的因子

流水里的星星

看着它发光，又不想打扰一条河
继续向东，经过
一块石头上长出的棱角

绕过去吧，只是让视线随着流动的水，而我
却忘记了立在岸上的生活

并且，从未意识到
虚实之间，谁是眼中的真星

被瞬间带走，依旧是
让我分不清天地，常常是如你所见

山　路

上山。下山。没有捷径
几次放弃又多次提起，对于没有探索的险境

都具有蛊惑性，几只蜜蜂转身
去了山顶，花朵
多半死在了季节的途中

我站在水岸夹缝
这么多年，没有挪动一步，像木桩

像事先预知的结果那样
——高低，宽窄
它们对立的刀光剑影，忽略了我的存在

两扇柴门

合作半辈子，突然就有了分歧
只经过了一场雨雪

各自守护两端，中间的小道过于狭隘，并且
装不下，一个人的心事

两扇门，成了几块独立的
木板，生锈或腐烂
它们各执一端，向东西方向倒下去

——倒下去就算了，同时
暴露出：自己的廉价
和我四十多年，藏在阳光下的小秘密

黑与白

它们睡去。只剩下黎明前的流星
和中间，深度的寂静

时间，快速移动
露珠被惊醒，从草尖上滑落，像中年后
来不及收回的眼泪

——多么简单的生活
如在夜晚思考，在白天，为了活着
穿梭于异乡的奔跑

我更喜欢黑白未醒时分
两个人，从万物明暗间悄悄穿行

思想里的风

忽高忽低。不知道起伏的空间
多大，它来的时候
大部分会吹走一些什么

起初，并不在意关于精神，无形附加之力
不足以引火上身

只需要适当时间压住它们
就如同压住内心
集聚的浮尘，而变得蹑手蹑脚

生怕动念即乖，被左右
巨大风暴，再度瓦解思想隐藏的金子

山核桃

坚硬的外壳落在我手中
对它无能为力

如裹着旧时光的人，把自己藏进了深夜
雷声里长出翅膀
穿越生活内外，不会轻易妥协
我的锤子常常举在半空

激起脑海中的波涛
它们的内心，纵有一万颗核裂爆发
——仍无法臆测
或感知外界事物的爱恨

我坐在初冬的月光下等待
与它一样笨拙
从某个寂静时刻，在黎明前豁然大悟

老照片

暗黄。蒙尘。被生活压在低处
又被母亲翻出来

照片上的人，有的人还在，有的人已经离世
活着，只能成为回忆
成为日渐苍老皱纹里回荡的底色

布景墙上侧面，一棵草
还在摇晃。而时间
在视线里模糊，定格在上世纪末期

——姑姑，始终没有老去

她从南到北，从春到秋
把故乡扛在肩上
直到那年冬天我们合影的位置
才卸下重负

僭　越

破土而生，从无人注视的墙角攀爬
在时间里继续延伸

开花也结果，只是它开得
没有边际，其中
几根蔓藤顺着残垣断壁的缝隙进入邻居院子
由于它的繁杂
没有人在意它肆意生长的范围

秋风吹过，叶片开始枯黄
只剩下几个葫芦
挂在那里，风一吹，随着视线晃动

风，再次吹过来的时候
生死，只是瞬间
它落下来，狠狠撞在心地惊醒了我半生

另一种真实

深藏生活之外，或低过流水的行程
如薄纸上的密码
在秋天，风一吹就生出金子

多少笑容里，代替的谎言
明知内心有一把刀
握在你手中，只需轻轻一挥，便可切出真相
和你不愿承认的事实

我们还是在大雪来临之前启程
那些发光的，如星星
沉睡在河水上游，它们顺应自己宿命

只适合，活在你看不到
在受伤时，想起它
始终潜伏体内，等一个人觉醒后的指认

重　逢

穿过隔阴之迷，仍会籍着一缕阳光
重逢，彼此并不陌生

提起文字，痛着，也很温暖
每个符号和你
都有些关联，我确信它们，还没有被世俗淹没
没有被风雨雷电搁浅

我们继续燃起篝火：跳舞，写诗
安静的时候，也沉默
非忧伤以终老，只在雪花上
再次醒来，重复着
聚散，不过是落在人间的另一种伏笔

这四处天涯，在掌中对视
——我们排成大雁
向南，向北，也向心界的高处飞翔

雪绒花

阿尔卑斯山举着它，被大雪覆盖
人间炉火正旺

冷风把头顶的雪和尘土
吹走，时间在盛大寂静中打开自己，它看到
——围炉而坐的人
看到火与冰交融裂变的风暴

它站在高处，对着林立的群山
吐露自己的心声
只是，没有人听得见

星星在更深的夜里亮起来
相距那么近，如你
活在远离烟火山巅之上的触手可得

柴门堆雪

空闲下来的柴门依然安静着
猎人去了哪里
门前积雪，似乎没有人或动物经过的痕迹

只有几块石头坐在院子里
好像在说着什么
风，正吹去它们头顶上的夜色
一把酒壶，两只杯子
在月光下生锈，此地再无杀戮和烟火

他放下猎枪的天地间
多么澄明，用干净的雪清洗去年
门中刀下的呐喊

直到那些声音，在荒原上
消失，从此打马远去，不问人间血腥事

草　原

低处生长的卑微，从来是
默不作声，风
吹过来，面对路过的人，飞鸟，白云和牛羊

它们反复垂下头颅，而有时
被践踏的过程
从不开口，在寂静的草原上活着
——或者死亡
谁又会在乎这草芥之命呢

它们被一场又一场雪，覆盖枯瘦的根须
多么干净，清高
像人间之外，献给神灵的哈达
也献给，寂寞的大山上
那块红色碑文
从春天的雷声中惊醒不平凡的身世

重　现

大明湖在冬天格外清冷，如果结冰
湖面像巨大的镜片
反射着天空，流云和飞鸟

却照不出低处的悲欢
在围栏上，如此刻一个人，安静地思考着
事物的正面与反面
与它形成同一种心境多么默契

突然发现，不远处的积雪
在阳光下消瘦
被一些，草芥和落叶围拢，相互拥抱
不甘于宿命与庸常之道

而这一切，湖水没有任何回应
只有白云背面，比它
更大的镜片，照见万物在人间所有细节

所　见

万物在视线里切换的风景
逐渐模糊，只有刻在骨子里的名字
留下来，且日益清晰

这么长的生命之河
如砂砾，水珠，寄居着不同的画面，随着
理性的筛选，截取，我们在
巨大波浪之尖
或者在那些不被理解的沙滩和礁石上

所见善恶的存在，都是常理
并保持缄默，把一切
无法破解的谜底归类修辞与暗喻

它们终将在某个时刻
从大海深处，被时间印证或浮出水面

红灯笼

冬末有雪，对于红色的光亮
有更深的返照
灯笼，在雪之上，也在我们视线之上

有时贴上福字，风一吹
金色和红色的光
相互交映，它们是新春的主角

母亲还在不停地忙碌
包素馅饺子，汤圆，而那些柴火
越烧越旺，仿佛是
熬出苦尽甘来的幸福日子

我喜欢红色，万物身披吉祥
在节日里，温暖着我们相聚的光阴

冬日暖阳

它每天朝升夕落，而我们
习惯了有阳光
从春到冬的轮回与起伏，并不在意
它冷暖存在的形式

十二月初，大北风猎猎作响
此时的天空被乌云遮住
我裹住单薄的衣衫，一种冷叫不出名字
穿过我体内明亮的部分

它一定发现什么，以至于
我瑟瑟发抖的身体
成了深冬，结冰或不可预知的因子
期待一缕暖阳，在岁末
照亮万物和我们
随着一座诗意城市的土地醒来

车过子夜

黑夜，在时间里加重
只有秋虫
在一些人的梦里或梦外鸣叫

天空阴沉，正下着细雨
夜，越来越深
更多人在各自灵魂的时空里，游历着
白天无法穿越的现实

世界多么安静，又多么忙碌
车，一路呼啸而过

驶过子夜。驶过这么多年
一辆破旧自行车
在异乡，被风压低的宿命和声音

三只羔羊

从运河堤岸，啃食着残冬的草芥
羔羊耷拉着黑长的耳朵

身体呈白色。阳光下
对应出的三团光线，在杂草中格外令人瞩目
我停下脚步
看着三只小羔羊忘我地吃草

仿佛没有发现我的存在
继续相互靠近
它们与我之间并未抵触和躲闪

低头或仰首，没有防范心
——我不禁开始担忧
它面对明晃的屠刀，仍然会保持的温顺

芦苇荡

只有初冬来临，才会低下头
并非是惧怕冰雪
关于生死，在它们经历之后，已无关紧要

风，日夜不停地吹着
关于人情冷暖，和寂静的水塘中央
——它只是站立
吐出体内最后的白絮交付天空

扫除季节里飘过的灰尘
一切终将逝去
阳光所能照见的只是虚浮的影子

甚至，我坐在水岸的石头
与它凝视良久
彼此不动声色的视线有着相同的悟境

大雪是春天的伏笔

越积越厚，被它覆盖的万物臃肿
我看不清骨头
仍能支撑起这庞大的白

花草，树木，青山……我们
彼此陌生，镜子
像木偶一样，面对着深冬突降的大雪发呆
涂抹内心凹凸的世界

那些无处藏身的故事情节
躲在雪下分娩
无须测度，它们每一个形态或轮廓

人世苍茫，不平等的际遇
开始模糊和遗忘
它化成水，从时间背面绕过你的春天

当时明月

大漠沙如雪，万物都退至天边
只剩下：一匹马
月亮和我。而酒壶已空
只可装入风尘，旧事，与几个没有忘记的名字

太多，会感到沉重
一路上，却不知道去向何处
——玄月未升
那些空洞的地界比黑夜更深的黑啊

它落下的位置，刚好是
脚下的沙漠，孤影
逐渐抬高，三角形线条圈住我内心的困顿

始终不明白，等待和回归
它们先于我起身
我坐在那里，听一匹马
蹄音由远而近，呼出内心久违的明月

旁观者

对于眼前看到的真相闭口不提
咬住牙齿里的风
绕过舌根，去自行消化

阳光，正从很远的地方赶来
我经历的冬天，对多余话语权发出怒吼
像失去理智的雄狮
我必须低下头，不再说话

但并不能止住思想的海水起伏
在一块冰上燃烧
处于事物两端，找不到
我们可以对峙的层面，贵贱，或黑白

无法平衡的生活，只学会
沉默，用眼睛辨识
善恶变化，和当局者迷惑时的棒喝

沉默的河

再次随阳光翻山越岭
抵达某个时节
水流清澈，沉默的时间还会路过那些
熟悉的庄园，森林，石塔

人到中年，手中紧握的执念
会慢慢打开
指缝的流沙和淤泥，堆不起一座供我们
休憩的居所，只在流水中
打捞过往，和曾经
行走在脉络暗藏的符号及名字

为一个人或一截故事的结局
黯然失色。你需要清空体内的影子
让阳光照进结冰的河
喊醒冻僵的木船，而卸掉心中多余的重量

窗　花

玻璃生长出旧年的光景
大红色，小剪刀
刻出花鸟鱼虫，高山流水，与生肖

它们在自己的季节经历风雨
又被时间再次逼回
原始角落，去度化生死，每天忙碌的人
有时手握夜空的镰刀
有时扶着蓝天白云，仿佛进入
虚设画面淡忘的疲惫
取出经年演绎倒置的心事，重新梳理

而眼前事物太过现实，当春天
被打磨成碎片，故乡正挡住窗外小溪的冰水

风　铃

从南方背来大海潜藏的回音
它悬挂的高度
对于忙碌的人来说，总是视而不见

但能听到，偶尔撞到头顶
嗡嗡声，或清脆音乐
慢慢习惯它存在的方式，仿佛只有两个人
活在海的深处
举着蓝天与烟火，不曾被发现

与二十元的风铃为伴
它有好看的花纹，坚硬且又带刺
在冷风中敲响
我们每一个所属的夜晚
生命误入的死角，和似幻非梦的事物

见闻者

学会闭口不提与自己无关的事
尽管被火苗烧焦
有时被正义扶上风口浪尖

只是，默默去咬紧干裂流血的嘴唇和牙
用眼睛说话，记录着
像愤怒的小鸟，用力啄破树洞
然后，以翅膀盖住伤疤

这些不易察觉的动机
显然，会收集到见闻觉知的证词
而他下意识牵着
另一只手，两脚狠狠踩平弓身的泥土

如此空旷。这田野露宿的鸟鸣
喊停了落日的云
和草原上脱缰的马匹
以及从中年，急驰而过的一辆老水车

百叶窗

或大或小，层层组合成各种窗口
视线可以穿过街道
和更远的田野，以及天边

在万物中隐身，静坐
对现实冷暖，看得清楚且透彻
白昼依旧循环往复
我需要从百叶窗上取下一片细小的叶子
挂在冬天最冷漠的角落

从此，让日子有春天的温度
让黑夜透进一缕月光
照开内心，不曾泄露的秘密和影像

积 雪

习惯寒冷，对人间有些敏感
落在地上塑成雪人
在阳光里流泪，时间，一点点远去

能留下的，已妥协世俗
被风，或者是
人为地堆砌某个角落和荒原上
是我不忍心践踏的美

多么安静，影子日渐消瘦
它的隐忍和密度
是微细灰尘，都无法穿透的防线

年　春

冬日尽头，我站在大片的白雪里
看自己走过的弯曲小路
被层层埋葬
而此刻，内心是多么干净

说不清悲喜，得失成败
都是一种积累，放下与提起同样重要
风雨中奔跑，从南到北
在文字里取暖，爱我所爱

这四季的幻化和冷暖，是与非
不过是磨炼本性
让我一次次学会去原谅和感恩一些人
新年里，所有的善念
仿佛都向着春天生长或延伸

这一年

成功与失败，始终是对立的名词
在两个极端选择中道
尽可能，不受情绪的影响

四季风劲吹，或大或小
像人情冷暖，活着，须习惯外界的真伪
我的脚步依旧从容
从来不会随一场风摇摆不定

这一年，得与失不再重要
你看前方的大雪
正组合一个全新的自己和未知世界

在时间里，消亡或生长
不再允许我们，怀念滞留在昨天的事物

岁寒深处

只是不敢往更深的年轮去触摸
冰冻千年不止
被封存的灵魂等待着复活

那些叶片，甘草，藏红花，都是治病良药
草原的马和一座山
同时奔跑，踩碎春天的衣角

你停下来，坐在低处的云朵上
人间烟火少了一些浓重
头顶有丹顶鹤飞过
其中一只，叼走了额头的雪

我不能惊动，安静的岁月
生怕雷声牵出风雨
打湿草木，可以疗伤生命深处的疤痕

大雪将至

并未发现，天空和大地的异常
太阳，雾霾，冷风
甚至黑夜的星星与月亮
它们一直隐设
或出现在，我思想之外的风景里

生活太过忙碌，对于那些
突如其来的事件，有时会本能地逃避
然后假装镇定自若

这么多年，习惯用坚硬的外壳
去包装内核的脆弱
而更加担心，这强大的风雪到来后
人间，会变得面目全非
只剩下几粒鸟鸣
在臃肿的人间上空，找不到归处

雪霁之前

已无法算出，它前后的风景
对于突发事件
开始接受，并顺从事物发展的规律

行路纷杂，躲在心里的人
比往常更加安静
索性掏出自己体内积压的情绪
分拣，或理顺
包括对某人某事的嗔念

慢慢释然，观照不易发觉的习气
呼吸，由急促变得平稳
这纷乱的人间万象
我看到，有更大的风雪从视线里隐退

蒲 团

圆形中密织的纹理，仍有余温
姥姥坐过，母亲
也坐过，在灶前和佛堂

它让我们朴素生活有了更高的尊严
没有离开土地
深处的，仍保持安静
与自己对话，抛开粗劣的想象

最初，不知出自谁人之手
巧夺天工，将草叶条
编织得近乎完美，并收紧它柔软的内心

但坐得久了，也会变成草木
比人间高出三寸
比先祖，少了好几圈年轮的厚度

远处的风景

眼中虚线连接天地，扁形树木，岩石
凝固河水，和一条寂寞的小船
以及与冬天有关的情结
在一朵雪花中打开，请原谅我的执念
只能看到纯性的景象

日子清冷，世界由此变得任性
美与丑，善与恶
同时演绎生死，我们只是
两条并立存亡的线条，刻出瘦瘪的
痕迹，生长着爱过的人和事

而这些季节会变，在冷热交替中
一朵云本能地退到边缘
任世相的风吹着，在门外高处慢慢醒来

刻　刀

如数刻下恩与怨的两面
天空冷得要死
几只大鸟用脱落的羽毛裹紧自己

秋后有雪，无法预知
仍空出体内，以防黑色的锈迹

日久结冰。压住一把刀
起身的念头，如果从第一枚落叶算起的话
整整闭关四十六年
零六个月，它坐在秋天深处

也坐在时间的最上层
在没有觉悟前，还会随着风雨飘摇

松　风

进入松林才觉知风的举步维艰
枝条相互聚拢
穿插，密集的针刺向上

可以穿破风，穿破初冬坚硬的骨头，迫使它
转身，呼啸的音声
顿时停下来，它们这么多年
从来是雷厉风行

从来是，与大自然形成对峙和抵抗
——而此时，风神
收起手中的法器并惊异于
这人间微细的
不可小觑的力量，对一片荒野突生敬畏

如同我在流水中逆袭
从日渐回落的撞击声里获取终止

后记

    诗歌源自心灵，在特定的时间里萌生，所展现出精神世界的悲喜交集，无疑是我写诗生涯中为自己构筑生命的深厚土壤。

    如果时光倒退三十年，从懵懂无知的游离生活，到诗歌带给我的欣慰，自足与智性，甚至是悲观和绝望之后的重生，让我由衷地感谢，在生命中际遇的一切人与事给予我的历练，又从一场又一场大梦里觉醒，延续和攀升，在现实与精神的两极分化中，仍然选择这个时代赋予人性的苦难和使命。

    这大千世界，芸芸众生，所有花草树木，山石飞鸟……融入诗性的元素，对现实的深度思考，包括创作技法的运用，修辞语言中的阴阳关系，具象与意象的承转。我把那些细小且粗劣的事物，有形或无形，与它们成为朋友，知己，甚至是我生命不可分割的部分！然后在普通细节中去寻找光亮，将个体经验与之融会贯通，打碎或重新组合，由此从语法中延伸出的生命特性，也是我灵魂生命分支成无数个本我的再现。

    而现实与精神始终是两个层面，一个普通形体的外相与内在的诗情总会有差距的，我的生活极其简单，涉猎儒释道经典，甘于寂寞墨守成规，与古人为伍，放下世俗的应酬，像一个行走于世间之外的行者。其实，现实中的我是粗犷不羁，崇尚自由，无拘无束的个性。曾有好友调侃说："你会写诗？打死我都不相信。"言外之意，我内外双重个性产生的距离，给别人的印象完全是判若两人，我认为这也是自己长期封闭式创作导致的结果。后来，我试着去接近低处的泥土，走进人群，了解人与人之间，人与自然之间，以及不同维次空间与时间的深度和宽度，使之在语法内境的拓展和运用上，以诗为良药，进行自我灵魂的反省和救赎，并且深信，一切奇迹都有可能发生，如山风吹过的清凉心境，重新认识万物和自己。

2018年春，我有幸遇到我的恩师简明先生，当代著名诗人，是我诗歌创作中重要的时期。当时简明老师创办《诗选刊》诗歌学习班在诗坛影响巨大，后经天津诗人卜文雅老师推荐，顺利进入第五届高研班进行系统学习，得到了老师和同学们的鼓励与帮助，在诗歌创作上有了更深的突破与认识，不断提升自己，并在短短四年时间内，诗歌作品先后入选中国八大诗刊，以及海内外500多家大小刊物获得一些奖项，并创办了新诗高地诗社，创刊《新诗高地》《如云诗刊》两本杂志，与众多诗友一起探索，学习和交流。回顾过去，一路走来，内心感慨万千，而这些成绩仅仅是一个起点，诗和远方仍然遥不可及，我感恩相遇的所有老师和诗友的支持，让我在诗歌路上有更多的勇气继续前行。

最后，要特别感谢中国作协会员，当代著名作家杨伯良老师为本诗集作序，让《山风吹过》顺利付梓出版。对于诗歌创作，永无止境，而我只是走在路上的人，一路感恩着，追逐着，也快乐着。

王相华

2022年3月9日于天津